Marcello Martins Motta Filho e
Rodrigo Guimarães Motta (Orgs.)

Cartas de um amor à moda antiga

Porto de Idéias
EDITORA

Cartas de um amor à moda antiga

Marcello Martins Motta Filho e
Rodrigo Guimarães Motta (Orgs.)

Editor
Sebastião Haroldo de Freitas Corrêa Porto

Projeto Gráfico
Flávio Leal

Capa e fotos de capa
Cauê Porto

Transcrição das Cartas
Clarice Assalim

Revisão
Silvana Pereira de Oliveira

Fotos do miolo: Acervo particular da família Motta

Dados Internacionais de Catalogação na Publicação (CIP)
(Câmara Brasileira do Livro, SP, Brasil)

Motta Filho, Marcello Martins
Cartas de um amor à moda antiga / Marcello Martins Motta Filho, Rodrigo Guimarães Motta. -- São Paulo : Porto de Idéias, 2008.
ISBN 978-85-60434-43-5

1. Cartas de amor 2. Martins, Edith Lopes, 1912-2005 - Correspondência 3. Motta, José Alves, 1894-1974 -
Correspondência I. Motta, Rodrigo Guimarães. II. Título.

08-10624 CDD-808.8693543

Índices para catálogo sistemático:
1. Cartas de amor : Coletâneas : Literatura
808.8693543

EDITORA PORTO DE IDÉIAS LTDA.
Rua Pirapora, 287 – Vila Mariana
São Paulo – SP – 04008.060
Tel (11) 3884-3814 Fax (11) 3884-5426
portodeideias@portodeideias.com.br
www.portodeideias.com.br
twitter.com/portodeideias

Aos sempre amados José e Edith.

Sumário

Apresentação

É fascinante o mundo ao qual a Filologia permite que entremos, justamente por termos a oportunidade da reconstrução da história através da leitura e transcrição dos manuscritos! E com as cartas do apaixonado José, pude mais uma vez me certificar de que na Filologia, como na vida, o fruto só vem depois do amor.

Embora trabalhe com transcrição de manuscritos há alguns anos, é a primeira vez que lido com documentos desse tipo – cartas de amor! – e confesso ter me sentido um tanto constrangida em ter penetrado na intimidade de pessoa tão discreta e grave, quanto a do Dr. J. Alves Motta.

Em princípio, limitada pela ausência de informações sobre o autor das cartas e por sua letra até então desconhecida, tateei devagar sobre os papéis, num misto de reverência e curiosidade.

No entanto, à medida que avançava na leitura, torcia para que a "Excelentissima Senhorita Edith Lopes Martins" correspondesse à paixão de José e começasse a "querer bem" ao já então meu amigo, a tal ponto que vibrava a cada nova introdução que lia nas cartas: "Edith querida", "Edith, meu tudo", "Edith, minha noiva", "Madame Alves Motta", "À querida esposa e mãe", "minha sempre e única namorada".

Queridos José e Edith, que sua história de amor esteja eternizada onde quer que estejam, bem como neste livro e na família que construíram.

Clarice Assalim

Doutora em Filologia e Língua Portuguesa pela
Universidade de São Paulo

Prefácio

"GRAMÁTICA AMOROSA"

Cuidadosamente conservadas em uma caixinha, as mensagens com a assinatura de José Alves Motta (1894–1974) resistiram à ação do tempo. Cartas, bilhetes e telegramas, vinte e um documentos ao todo, pontuam, exceto um deles, os dias vividos entre novembro de 1936 e janeiro de 1937. A guardiã desse "tesouro particular", Edith Alves Motta (1912–2005), a quem as missivas foram endereçadas, tratou sempre de mantê-las longe de vistas alheias. Afinal, nas letras e linhas desses escritos fisgava-se o período que antecedeu ao duradouro casamento com o promotor viúvo que fazia carreira em Santa Cruz do Rio Pardo, no interior paulista, onde ela, professora, também morava. Eram cartas de amor, indevassáveis.

No gesto de guardar estas cartas apaixonadas reside, porventura, a dimensão simbólica de quem deseja preservar um "lugar" da memória, passível de ser (re)conquistado a cada nova leitura. Nesse tempo inaugural fixado na escrita recupera-se o despertar de Cupido, ou seja, "aquella tarde" em que José a vê "pela vez primeira, na estação" e "o primeiro momento que os [...] olhares [se] encontraram". As cartas emolduram, em sentido amplo, o afeto vivenciado, assim como as miudezas do cotidiano, as quais, embora alinhadas em um segundo plano da tela, são componentes essenciais para forjar a ilusão de que se pode apreender o passado, com as mesmas cores e aromas do primordialmente vivido. Tipo de papel, timbres, a escrita autógrafa e seus lapsos, assinatura, o envelope, o sobrescrito, carimbos do correio contribuem igualmente para intensificar a confortadora quimera, porque estes sinais estão, de algum modo, associados ao corpo do remetente, quando se supõe a imagem da escritura em processo e a trajetória do objeto, da mão de um para as mãos do outro. O guardar para ler e reler as cartas do amado parece favorecer o gozo infantil do movimento repetitivo, lúdico, negando, assim, a morte, quando ela significa esquecimento.

A pequena correspondência continua, então, como legado precioso aos descendentes do casal. Decifrar as cartas, em família, compartilhando lembranças e impressões comovidas, equivale, certamente, fazer reviver, na memória, os queridos José e Edith; preservá-las em sua materialidade constitui, agora, a homenagem àqueles que haviam se transformado em figuras tutelares de uma genealogia. Para os netos Marcello Martins Motta Filho e Rodrigo Guimarães Motta, organizadores destas *Cartas de um amor à moda antiga*, os documentos valiam também como testemunho da "intensidade dos sentimentos" amorosos naqueles tempos. Nesse sentido, mereceriam, portanto, ser conhecidos para além do círculo familiar, sob a forma de livro. Anulava-se, assim, o segredo das mensagens nascidas no âmbito da intimidade, em benefício da partilha de um valor ético nas relações afetivas, entrevisto nestas cartas de amor.

Se, para Edith Alves Motta, a guarda das missivas do companheiro de vida exprimia, certamente, o zelo em manter intacto um sentimento; para os netos, a difusão do conjunto epistolar reverencia essa mesma afeição, vista, nostalgicamente, como exemplar e, nos dias atuais, pouco cultivada. Em nossas mãos, o belo volume editado pela Porto de Idéias ganha, além dessa visada emotiva, uma nova perspectiva de interpretação das cartas, no campo cultural. O livro vem se juntar, em boa sintonia, a outras admiráveis obras que, recentemente, deram a conhecer cartas de amor escritas no Brasil por pessoas "comuns", como *Naninha, aceitai as minhas saudades: cartas do Conde do Pinhal para Anna Carolina, sua esposa* [1864-1901] (São Carlos, Editora da UFSCar, 2000) e *Nosso doce convívio: cartas de amor de Cássio e Maria José* [1941-1955] (Rio de Janeiro, Ibis Libris, 2006).

As mensagens ferindo as cordas do coração, geralmente alheias a qualquer pretensão estética, ficaram, por muito tempo à sombra, fora do foco de interesse de pesquisadores das ciências humanas e da literatura. Talvez porque esse material se mostrasse escasso, posto que lançado nas "caixas" e "baús" da frágil memória familiar, contando quase sempre com o mesmo triste destino, o descarte como "papel velho". Ou ainda, em face de punhadinhos de cartas de amor disponíveis para estudo e da escrita enrijecida por certa retórica da paixão que comumente as caracterizam, supunha-se que elas pouco pudessem dizer sobre os homens e a sociedade que as produziram. De fato, a carta entre enamorados, segundo José-Luis Diaz, periclita, ao ser vista como "banal" ou "tabu" ("Présentation". *La lettre d'amour*. Paris, Textuel/Université de Paris VII, 1992, p. 7). Nessa mesma ordem de reflexão, Marie-Claire Grassi interroga, em seu artigo "Cartas de amor em arquivos (do século XVIII ao XIX)": "Que sabemos das cartas de amor de homens e de mulheres que fizeram, silenciosamente, a história?", para, em seguida, responder, em tom desalentador: "Pouca coisa" (Op. cit., p. 48).

Em nosso país, é sempre certo que tem havido algum interesse em relação às cartas de amor de figuras públicas, como comprovam as edições de escritos de D. Pedro I, Olavo Bilac, Rui Barbosa, Monteiro Lobato, Graciliano Ramos, Tarsila do Amaral, entre outros, bem como de coletâneas, entre as quais, as *Cartas do coração: uma antologia do amor*, organizada por Elisabeth Orsini (1999) e *Para sempre: 50 cartas de amor de todos os tempos* (2009), por Emerson Tin. Em grande medida, essas edições parecem querer sinalizar uma aproximação entre leitores e homens/mulheres famosos, pela via da identificação dos afetos, trazendo à tona certo intuito *voyeur*. Um bom leitor encontra bem mais do que isso nesses livros. A carta de amor, na pena de homens/mulheres ilustres, segue à risca as previsíveis tópicas do gênero; estas, contudo, podem ser revigoradas, criativamente, como o fez, por exemplo, o autor de *Vidas Secas*, ao inserir o humor nas missivas a Heloisa Ramos. Na epistolografia de escritores, ciosos de seus meios expressivos, divisam-se as seduções da literariedade, tanto quanto se enraíza o intertexto, ligando a carta a uma longa tradição, erudita e popular, ficcional ou não.

No que tange a estas *Cartas de um amor à moda antiga*, constato, pelo menos, dois veios fecundos de exploração, os quais, está claro, não solapam a leitura prazerosa de uma pequena narrativa, com alguma peripécia e suspense. Antes, essas abordagens mais aprofundadas podem iluminar o conjunto de mensagens epistolares, em termos discursivos ou históricos. Em primeiro lugar, quando se examina a própria escrita das cartas, os estudos filológicos podem captar um retrato fidedigno da língua, tanto mais que esta edição nos brinda com a reprodução dos manuscritos e com a minuciosa transcrição realizada pela professora Clarice Assalim. Na seara da epistolografia, valoriza-se no enunciado da carta de amor aquilo que o próprio José Alves Motta, muito apropriadamente, chama de "grammatica amorosa", ou seja, normativas e códigos da escrita epistolar a serviço do coração. Para expressar a veracidade e a intensidade de seus sentimentos, o remetente lança mão de um repertório de fórmulas de efeito e de imagens já tantas vezes repisadas em outras épocas e por outras pessoas. José exprime, hiperbolicamente, o afeto que o toma "em todos os minutos e em todas as horas"', o "tormento" de quem ama "muito e muito"; mostra que o amor é "febre", "doença"; e, claro, que a felicidade (a cura...), "depende exclusivamente" de sua amada. Nessa "gramática" não falta o desejo de compor um estilo *sui generis*, incorporando à redação palavras do campo semântico da atividade profissional do promotor: "terei cabeça para accusar, approvar a sórte do réo, que me acusando de amar tanto a você, defendo com tanta intransigência o meu amôr?" Também não ficará de fora dessa escrita, numa das últimas cartas, a brincadeira, anunciando uma abertura para a camaradagem entre os noivos: "continuo a querer a você, daquelle mesmo desajeitado geito...: -a.........., l.........., e, c.........!"

Como toda carta de amor tenciona arrebatar afetivamente o destinatário, José Alves Motta, escrevendo a uma mulher culta, amiga dos livros ("Tem lido muito [...], meditado?"), não deixará de estadear as suas próprias vilegiaturas literárias, em citações de obras estrangeiras, no original, ou em rápidas alusões a autores. Nas cartas, o trecho de *Ibis*, do escritor colombiano Vargas Vila, acotovela-se aos devaneios do *Livro de San Michelle*, texto autobiográfico do médico italiano Axel Munthe; um verso, em francês, do neoclássico André Chénier foi buscado, certamente, em *De l'amour* (1822) de Stendhal, escritor romântico que, aliás, será visto em uma carta como "chiromante das tricas sentimentaes". Curiosamente, as diferenças estéticas que apartam esses autores serão facilmente aplainadas nas missivas. Essas menções a obras e autores mostram-se como pistas instigantes para a recomposição de um painel da história da leitura no Brasil.

Nas cartas deste livro desenham-se também algumas tensões sociais, configurando um segundo caminho profícuo para a abordagem dos documentos, no que se refere a questões ideológicas. Essas tensões vigoram de maneira alusivas, infiltradas nas malhas do discurso amoroso. O propósito de casamento do promotor maduro, há poucos meses viúvo, pai de filhas, e a mulher de 24 anos, solteira, também profissionalmente bem-sucedida, parece ter causado espécie a uma sociedade desconfiada de tudo o que fugia minimamente a determinado modelo familiar. Senão, pouco se compreenderia daquilo que se entrevê na longa carta de 24 de novembro de 1936, na qual o advogado repudia "a mystica de preconceitos despreziveis" de "um mundo gasto, que nada perdôa ao enthusiasmo, que se impacienta com todos os impulsos e se irrita com todas as audacias". O tom é altissonante, na medida da impaciência do remetente: "Já acastellara o meu amôr, contra os gólpes e as arremetidas dos tolos inconscientes, dos ridículos pharizeus e dos gastos descrentes de um mundo de tartufos". Pagando tributo a essa mesma comunidade vigilante, os noivos constatam que, em face de um enlace que se cumpria em tão poucos meses, não ficava "bem [...] deixar de fazer a comunicação [...] ás [...] tias e demais parentes". No exercício epistolar da época, vigem igualmente muitos códigos e práticas sociais; assim, repara-se o cuidado do noivo em dirigir carta a Edith, via correio, sempre "aos cuidados" do pai dela. Relações familiares, hierarquia entre os gêneros, etiqueta social, valores, interditos e preconceitos, apenas sugeridos nas missivas, contam muito da sociedade brasileira da época.

A generosa iniciativa de Marcello e Rodrigo, nos apresentando as mensagens apaixonadas do avô, o apurado trabalho filológico na transcrição dos documentos e o zelo editorial da Porto de Idéias fazem destas *Cartas de um amor à moda antiga*, não apenas a bonita celebração da memória de Edith e José Alves Motta, como um valioso subsídio para os estudos de epistologrfia brasileira, sobremodo em suas indagações linguísticas e sócio-históricas.

Marcos Antonio de Moraes

Instituto de Estudos Brasileiros
Universidade de São Paulo

Introdução às Cartas de um amor à moda antiga

Os protagonistas do livro são nossos avós, José Alves Motta e Edith Alves Motta. Todas as cartas foram escritas por nosso avô endereçadas à nossa avó.

Para bem compreendê-las, pensamos ser necessário contextualizar alguns fatos, traçando em rápidas palavras um pouco do perfil dessas duas pessoas admiráveis, muito amadas e que deixaram infinita saudade.

O cenário onde transitaram essas cartas de amor é a bucólica Santa Cruz do Rio Pardo, cidade do interior do Estado de São Paulo que à época tinha pouco mais de 40 mil habitantes.

Nosso avô, a quem carinhosamente chamávamos de Vô Motta, iniciou suas epístolas com nossa avó nos idos de 1936, época que exercia o cargo de Promotor Público daquela cidade. Já era uma pessoa estabelecida e madura, precocemente viúvo, e contava 42 anos de idade.

Nossa avó Edith, então uma bela e jovem professora de 24 anos, na flor da idade, era natural de Botucatu, ali residia e lecionava, pois seu pai, Hermenegildo Lopes Martins, tinha uma fazenda em Chavantes, município próximo de Santa Cruz do Rio Pardo.

Soubemos recentemente que nossos avós já teriam se conhecido em 1932, quando nosso avô, inflamado revolucionário paulista, proferiu um discurso para a população local. Nossa avó, naquele dia, estava apenas assistindo ao evento. Anos mais tarde, nosso avô revelou à nossa avó que se lembrava dela naquela ocasião; e descreveu o vestido que usava, a cor dos sapatos, a fita no cabelo, e outros detalhes que gravou. Coisas da vida, do destino....

O namoro e o noivado foram curtos. Três meses, pois eles vieram a se casar em 21 de janeiro de 1937, em Santa Cruz do Rio Pardo. Naquele mesmo ano, em outubro de 1937, nasceu o primogênito Ivan Martins Motta e, onze meses depois, o caçula Marcello Martins Motta.

Se tomarmos como base a primeira carta que temos conhecimento (todas de 1936), num espaço de dois anos nossos avós estavam casados, com dois filhos e residindo na Capital.

Em 1963, o filho mais novo, Marcello, casou-se com Maríllia Ney Neves da Silva (posteriormente Maríllia Ney Neves Martins

Motta), sua colega da faculdade de Direito, por quem nutriu forte paixão durante os 5 anos do curso, somente vindo a se declarar no último ano. Maríllia foi carinhosamente recebida por José e Edith, que muito a estimavam. Com o falecimento de José, Maríllia foi dedicada companheira de Edith, até o falecimento desta. Da união de Marcello e Maríllia nasceram Marcello Martins Motta Filho, um dos organizadores deste livro, e Cristina Neves Martins Motta.O filho mais velho do casal José e Edith, Ivan Martins Motta, casou-se em 1966 com Maria Alice Barros Monteiro Samarão Guimarães. Desse matrimônio nasceu o primogênito, e também organizador destas memórias, Rodrigo Guimarães Motta, vindo posteriormente o Alfredo Guimarães Motta e depois a Kika Guimarães Motta. Hoje Ivan está casado com Regina Villas Boas, que teve a oportunidade de construir uma intensa amizade com Edith em seus últimos anos de vida.

Mas, a família não parou por aí. Vieram os bisnetos. Do neto Marcello, casado com Márcia, nasceram Gustavo e Henrique. Da neta Cristina, veio o Fernando. Da outra neta, Kika, casada com Vinícius veio o Rafael. E do neto Rodrigo, casado com a Sintya, veio o João Abade. Apenas o neto Alfredo é que está "devendo" mais um descendente Motta.

Para nossa tristeza nosso avô faleceu em 1974, com 79 anos de idade. Muito cedo para os tempos atuais. Mas, uma coisa nos conforta: ele viveu intensamente todos os dias de sua vida. Assim, a nossa lembrança é escassa, pois à época tínhamos 10 e 6 anos de idade respectivamente. Soubemos de muitas passagens interessantes e pitorescas da sua vida como Promotor Público, advogado, tabelião público e, finalmente, como Procurador do Estado. Sua carreira profissional foi muita rica e dinâmica.

Apesar do falecimento do nosso avô e da saudade que deixou, nossa avó Edith não se deixou abater e continuou vivendo com a mesma alegria e intensidade de sempre. Era então diretora aposentada de escola pública municipal na Capital. Dispunha de grande energia e vitalidade. Traço marcante da sua personalidade era a o bom humor, a disposição, enfim, a alegria e o prazer de viver.

Guardamos inúmeras boas lembranças de nossa avó. Por onde passava deixava um rastro de luz, de satisfação. Sua espontaneidade era cristalina. Era sincera, franca, doce, carinhosa, divertida. Ela foi muito importante para todos e não apenas para nosso avô.

Para nosso desalento, vovó nos deixou em 2005. Lúcida e, ainda na UTI do hospital, com disposição suficiente para encarar com otimismo o seu já precário estado de saúde.

Ambos foram pessoas marcantes a seu modo.

Mas, quanto ao objeto principal do livro, que são as cartas, o que sabemos é que os anos se passaram e elas permaneceram guardadas a sete chaves por nossa avó. Ela as mantinha com cuidado numa pequena caixa, como seu tesouro particular. Como nunca as ofereceu à leitura, seus filhos, respeitosamente, também não ousaram em bisbilhotar. Somente pouco antes do seu falecimento é que tomamos conhecimento do respectivo conteúdo.

Em 2008, num almoço em família, decidimos que deveríamos fazer algo com as cartas, pois elas têm um conteúdo muito rico, até então desconhecido para nós.

De fato, as cartas nos comoveram, nos tocaram, pois são dignas de um amor intenso e genuíno que nós, netos, desconhecíamos. A paixão e o amor transbordantes que nosso avô nutriu por nossa avó. A intensidade do sentimento transmitido pelas cartas deixa nítida essa percepção.

O título é bem sugestivo, *Cartas de um amor à moda antiga*, pois retrata um tempo em que namorar, trocar cartas era feito por portador, os conhecidos "meninos de recados", que levavam as cartas, os bilhetinhos, os cartões para os destinatários. Enfim, meios de comunicação antigos e obsoletos. Hoje em dia as coisas são instantâneas, rápidas demais. O amor perdeu seu antigo encanto e poesia. Ficou efêmero e vulgarizado.

Acreditamos que essas cartas possam resgatar um tempo em que o amor, suas febres, suas loucuras, seus sofrimentos, envoltos em romantismo, paixão, dor no coração, eram legítimos e sinceros. Em suma, no qual os laços de família e o afeto eram preponderantes. Quando o "ser" era mais valoroso que o "ter".

Somos saudosos dos tempos de nossos avós, pois o amor deve ser vivido intensamente, sem a banalização que os tempos atuais imprimiram a essa palavra. Concluindo, realmente, não há idade para se viver um grande amor.

Oxalá voltassem os tempos das cartas de amor à antiga, à moda dos enamorados José e Edith.

Marcello e Rodrigo Motta

As primeiras linhas...

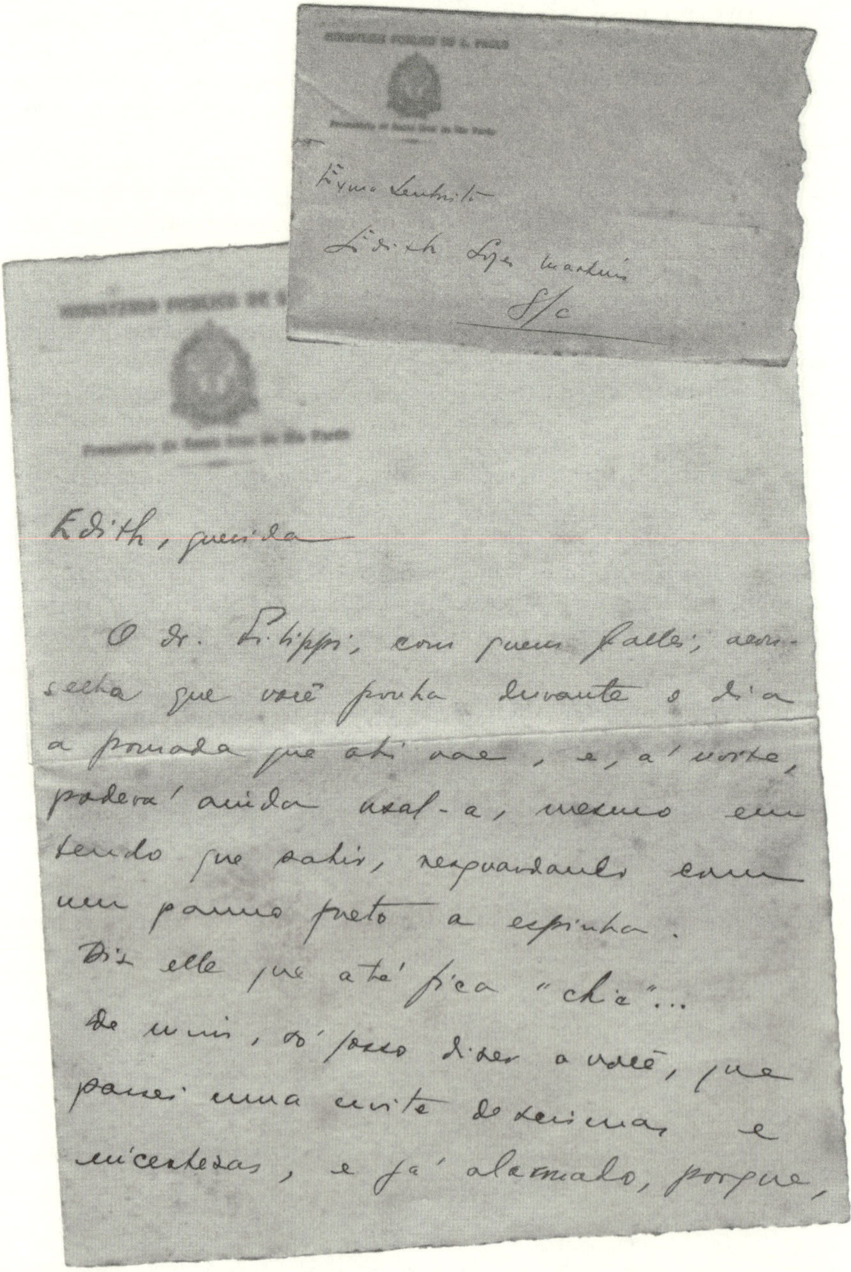

Exma. Senhorita
Edith Lopes Martins
S/c

Edith, querida —

O dr. Filippi, com quem fallei, aconselha que você ponha durante o dia a pomada que ahi vae, e, á noite, poderá ainda usal-a, mesmo em tendo que sahir, resguardando com um panno preto a espinha.

Diz elle que até fica "chic"...

De mim, só posso dizer a você, que passei uma noite de insomnias e incertezas, e já alarmado, porque,

MS.1 *Excelentissima* Senhorita
Edith Lopes Martins
Seu criado

Edith, querida

O doutor Filippi, com quem fallei, aconselha que você ponha durante o dia a pomada que ahi vae, e, á noite, poderá ainda usal-a, mesmo em tendo que sahir, resguardando com um panno preto a espinha.

Diz elle que até fica "chic"...

De mim, só posso dizer a você, que passei uma noite de teimas e incertezas, e já alarmado, porque,

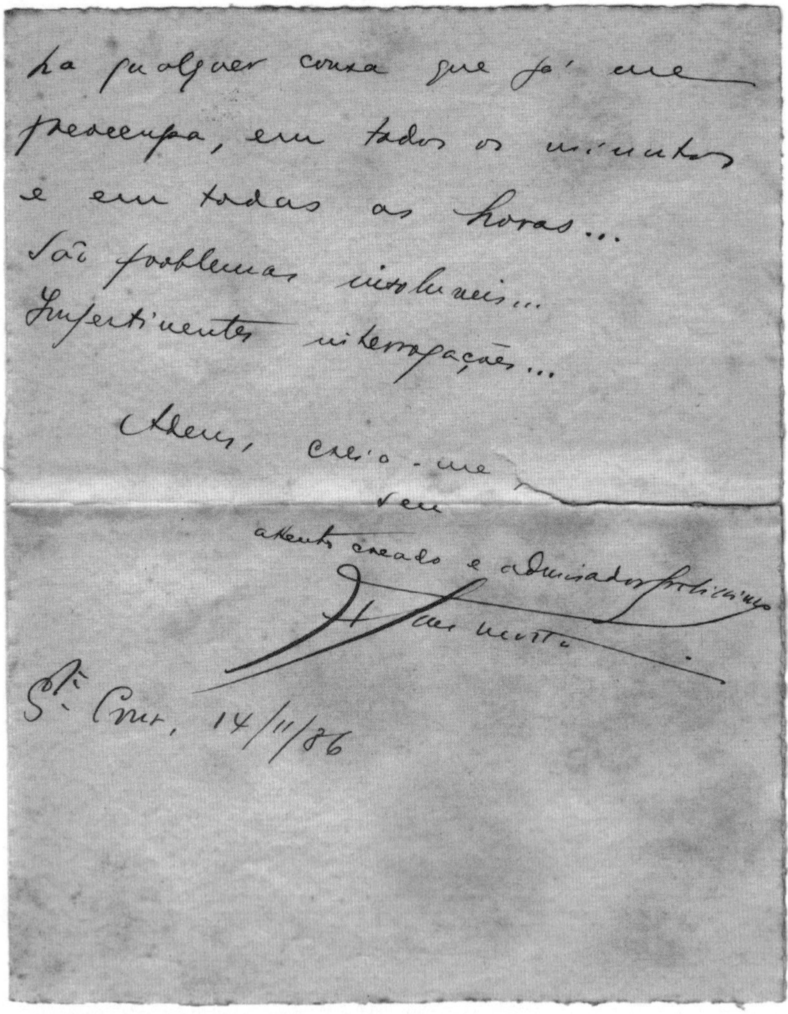

da qualquer cousa que já me
preoccupa, em todos os minutos
e em todas as horas...
São problemas insoluveis...
Impertinentes interrogações...

Adeus, creio-me
seu
attento creado e admirador gratissimo
H Sarmento

Sta. Cruz, 14/11/86

||1v|| ha qualquer couza que já me
preocupa, em todos os minutos
e em todas as horas...

São problemas insoluveis ...
Impertinentes interrogações ...
Adeus, creio-me,

seu

attento creado e admirador fortissimo

J. Alves Motta

Santa Cruz, 14/11/36.

Exma. Senhorita

Edith Lopes Martins

Em mãos

Edith querida

Já prompto o trabalho que me propuz hoje concluir, escrevo ás pressas a você, para dizer apenas, que senti muito longo o dia, e como eu seria feliz si tivesse tido a força de encurtal-o...

É que, a saudade immensa que tive de você, é bem a affirmação do meu amôr, que já é hoje a felicidade da minha vida.

Tão poucos são os dias decorridos, e já o meu coração tem feito tantos sacrificios por você...

Sabe você muito bem, que

MS.2 *Excelentissima* Senhorita
Edith Lopes Martins
<u>Em mãos</u>

Edith querida

Já prompto o trabalho que me propuz hoje concluir, escrevo ás pressas a você, para dizer apenas, que senti muito longo o dia, e como eu seria feliz si tivesse tido a força de encurtal-o...

É que, a saudade immensa que tive de você, é bem a affirmação do meu amôr, que já é hoje a felicidade da minha vida.

Tão poucos são os dias decorridos, e já o meu coração tem feito tantos sacrifícios por você...

Sabe você muito bem, que

Desde o primeiro momento que os meus olhares encontraram os seus, eu senti a auróra de uma nova vida e de um affecto, cujas raizes iriam se aprofundar com o correr dos dias e dos mezes.

Por isso, o que eu disse a você ontem, guarde você bem: – eu amo muito e muito a você, só a você amo, e esse amôr está sempre presente ao meu lado e é sempre a mesma paixão em todos os minutos e em todas as hóras...

Estava bem longe de minhas cogitações, o soletrar a palavra – amôr – nesta phase de minha vida.

||2r|| desde o primeiro momento que os meus olhares encontraram os seus, eu senti a auróra de uma nova vida e de um affecto, cujas raizes iriam se aprofundar com o correr dos dias e dos mezes.

Por isso, o que eu disse a você hontem, guarde você bem: - eu amo muito e muito a você, só a você amo, e esse amôr está sempre presente ao meu lado e é sempre a mesma paixão em todos os minutos e em todas as hóras...

Estava bem longe de minhas cogitações, o soletrar a palavra — amôr — nesta phase da minha vida.

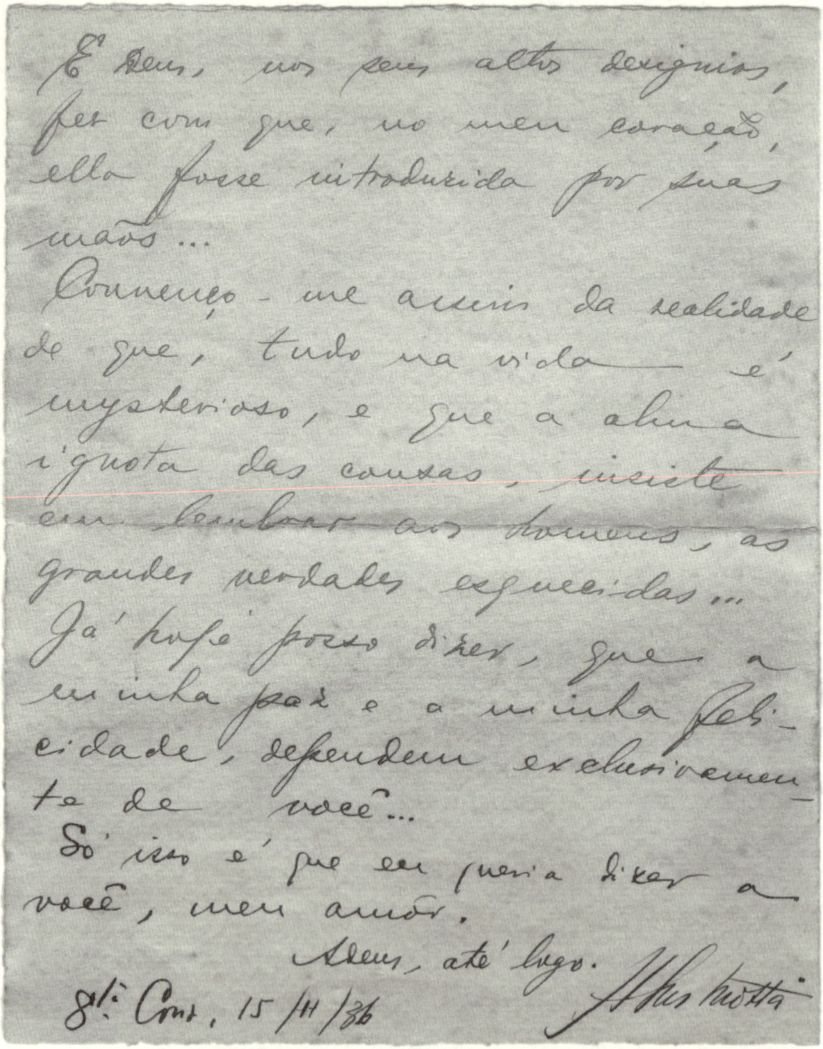

É Deus, nos seus altos designios,
fez com que, no meu coração,
ella fosse introduzida por suas
mãos...
Convenço-me assim da realidade
de que, tudo na vida — é
mysterioso, e que a alma
ignota das cousas, insiste
em lembrar aos homens, as
grandes verdades esquecidas...
Já hoje posso dizer, que a
minha paz e a minha feli-
cidade, dependem exclusivamen-
te de você...
Só isso é que eu queria dizer a
você, meu amor.

Adeus, até logo.

Sta. Cruz, 15/11/36 [illegible]

||3r|| E Deus, nos seus altos designios,
fes com que, no meu coração,
ella fosse introduzida por suas
mãos...

Convenço-me assim da realidade
de que, tudo na vida é
mysterioso, e que a alma
ignota das cousas, insiste
em lembrar aos homens, as
grandes verdades esquecidas...

Já hoje posso dizer, que a
minha paz e a minha feli-
cidade, dependem exclusivamen-
te de você...

Só isso é que eu queria dizer a
você, meu amôr.

Adeus, até logo.

Santa Cruz, 15/11/1936 J. Alves Motta

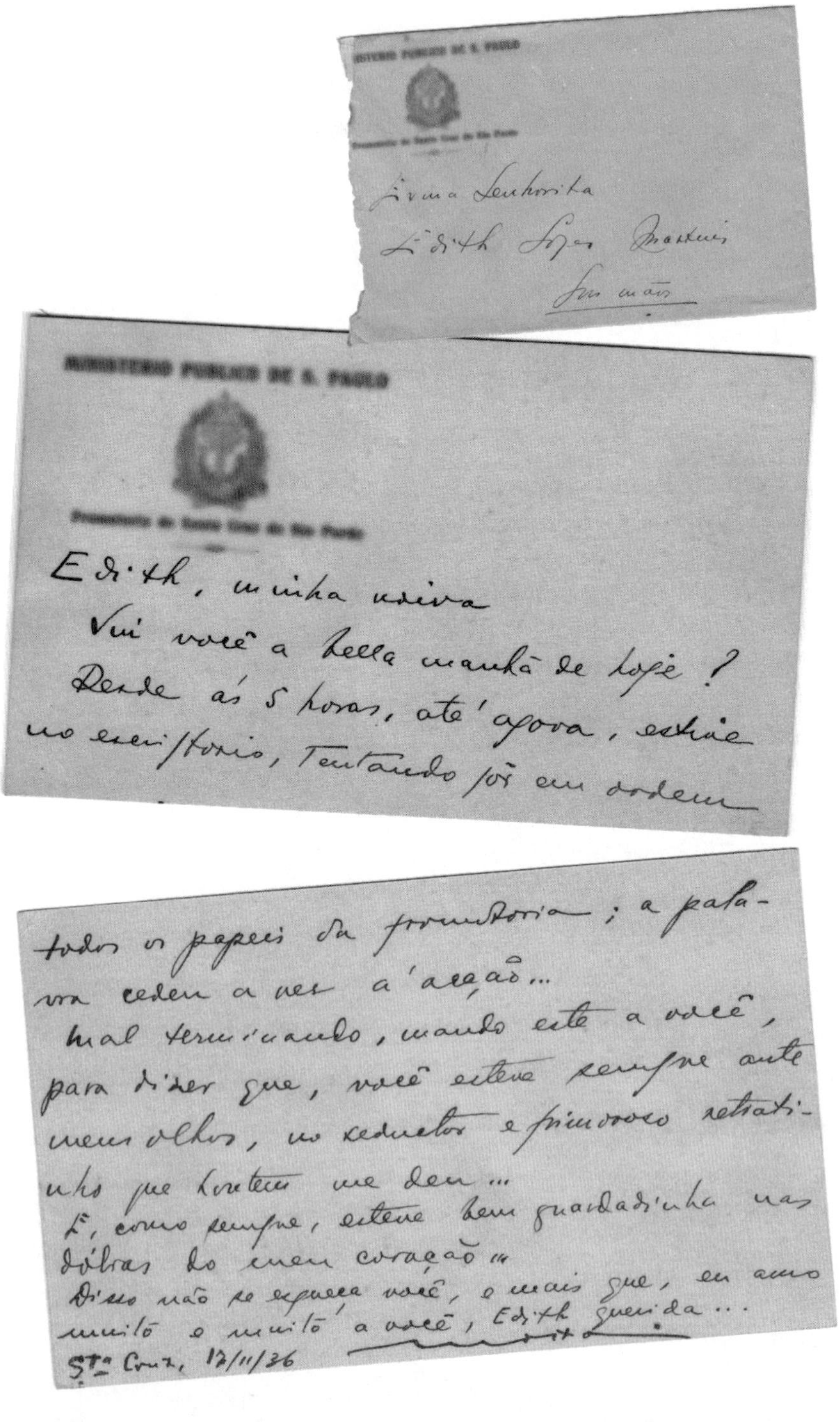

Exma Senhorita

Edith Lopes Martins

Em mãos

MINISTERIO PUBLICO DE S. PAULO

Edith, minha noiva

Viu você a bella manhã de hoje?

Desde ás 5 horas, até agora, estive no escriptorio, tentando pôr em ordem todos os papeis da promotoria; a palavra cedeu a vez á acção...

Mal terminando, mando este a você, para dizer que, você esteve sempre ante meus olhos, no seductor e primoroso retratinho que hontem me deu...

E, como sempre, esteve bem guardadinha nas dóbras do meu coração...

Disso não se esqueça você, e mais que, eu amo muito e muito á você, Edith querida...

Sta Cruz, 13/11/36

MS.3 *Excelentissima* Senhorita
Edith Lopes Martins
Em mãos

Edith, minha noiva

Viu você a bella manhã de hoje?

Desde ás 5 horas, até agora, estive no escriptorio tentando pôr em ordem todos os papeis da promotoria; a palavra cedeu a vez á acção...

Mal terminando, mando este a você, para dizer que, você esteve sempre ante meus olhos, no seductor e primoroso retratinho que hontem me deu...

E, como sempre, esteve bem guardadinha nas dóbras do meu coração...

Disso não se esqueça você, e mais que, eu amo muito e muito a você, Edith querida...

Santa Cruz, 17/11/36. *José*

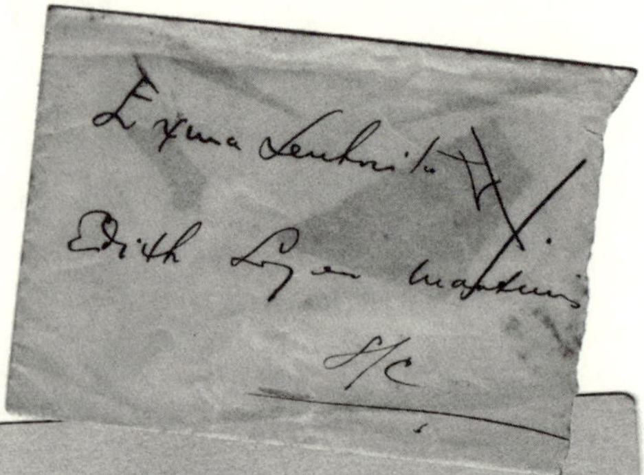
Exma Senhorita D.

Edith Lopes Martins

S/C

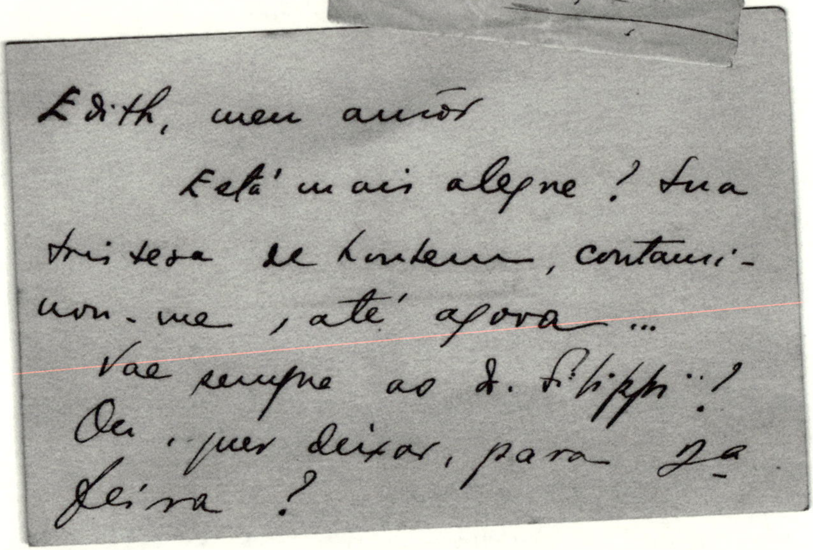
Edith, meu amor

Está mais alegre? Sua tristeza de hontem, contaminou-me, até agora...

Vae sempre ao D. Filippi...? Ou, quer deixar, para 2ª feira?

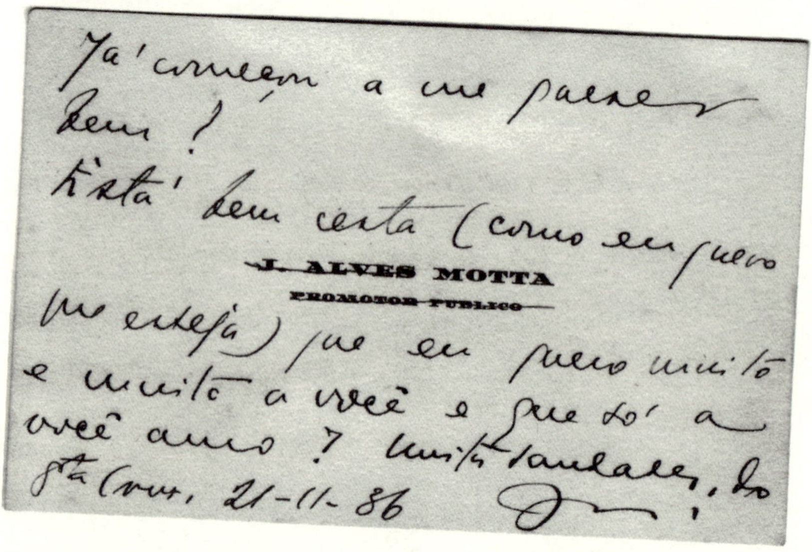
Já começou a me parecer bem?

Está bem certa (como eu quero

~~J. ALVES~~ **MOTTA**

~~PROMOTOR PUBLICO~~

me esteja) que eu quero muito e muito a você e que só a você amo? Muitas saudades, do

Sta Cruz, 21-11-86 [illegible]

MS.4 *Excelentissima* Senhorita
Edith Lopes Martins
<u>*Seu criado*</u>

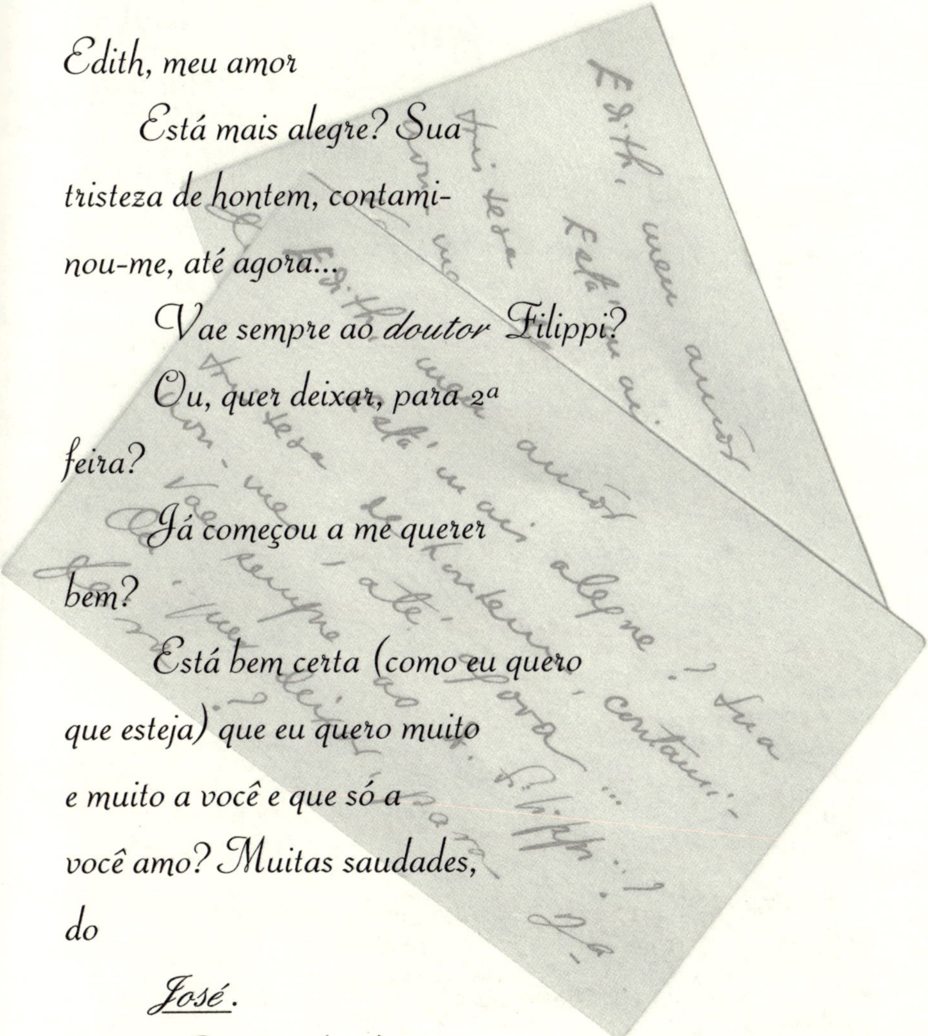

Edith, meu amor

Está mais alegre? Sua tristeza de hontem, contaminou-me, até agora...

Vae sempre ao doutor Filippi?

Ou, quer deixar, para 2ª feira?

Já começou a me querer bem?

Está bem certa (como eu quero que esteja) que eu quero muito e muito a você e que só a você amo? Muitas saudades, do

José.

Santa Cruz, 21/11/36

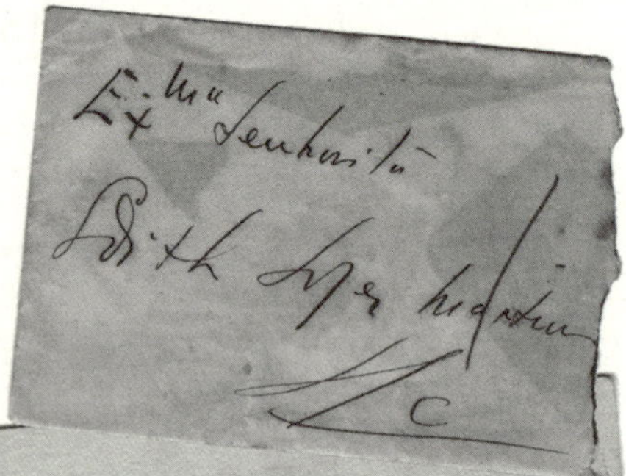

Ex.ma Senhorita
Edith Lopes Medeiros
M/C

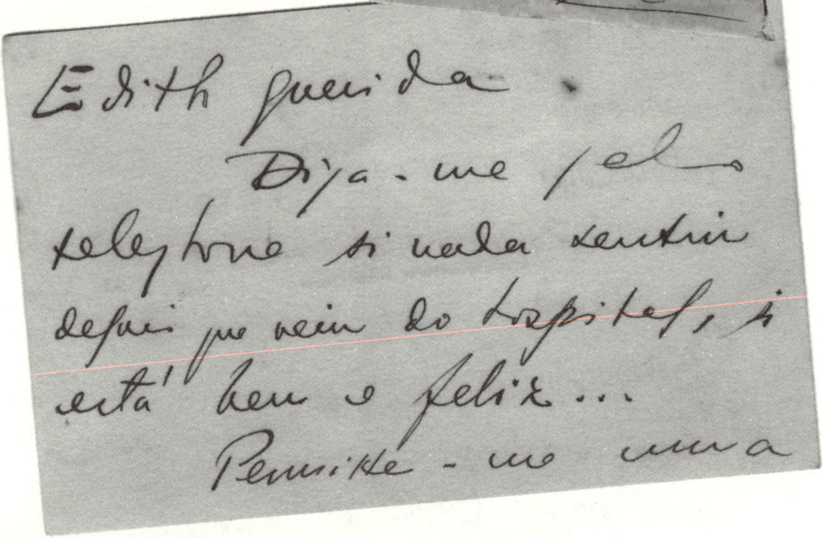

Edith querida
Diga-me pelo telephone si nada sentiu depois que veio do hospital, si está bem e feliz...
Permitte-me uma

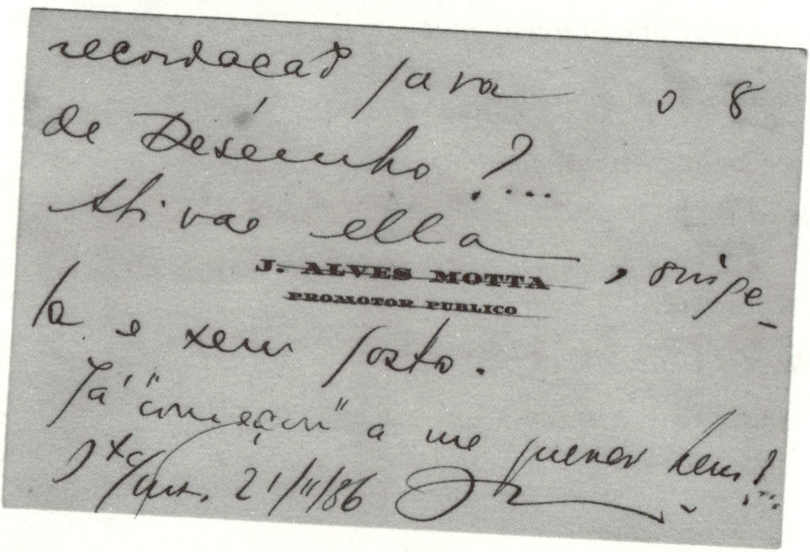

recordação para o 8 de Dezembro?...
Ahi vae ella, singe-
la e sem gosto.
Já "começou" a me querer bem?...
1ª/qua, 21/11/86

J. ~~ALVES MOTTA~~
~~PROMOTOR PUBLICO~~

MS.5 *Excelentissima* Senhorita
Edith Lopes Martins
<u>*Seu criado*</u>

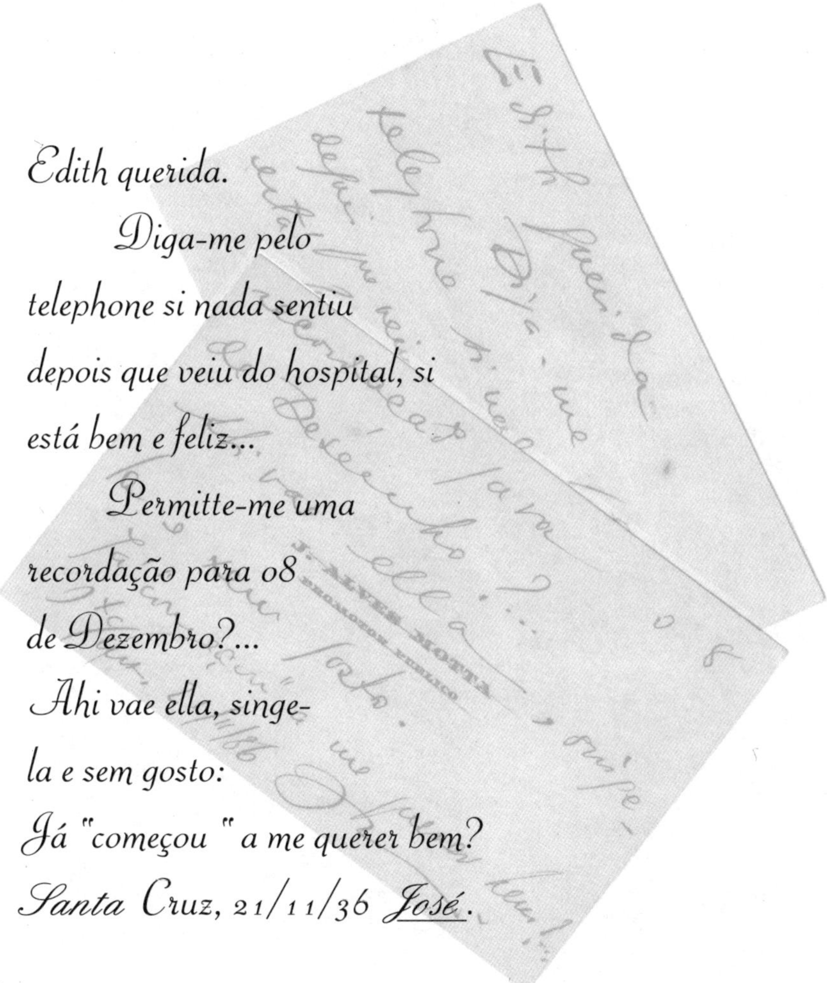

Edith querida.

Diga-me pelo telephone si nada sentiu depois que veiu do hospital, si está bem e feliz...

Permitte-me uma recordação para 08 de Dezembro?...

Ahi vae ella, singe-la e sem gosto:

Já "começou" a me querer bem?

Santa Cruz, 21/11/36 José.

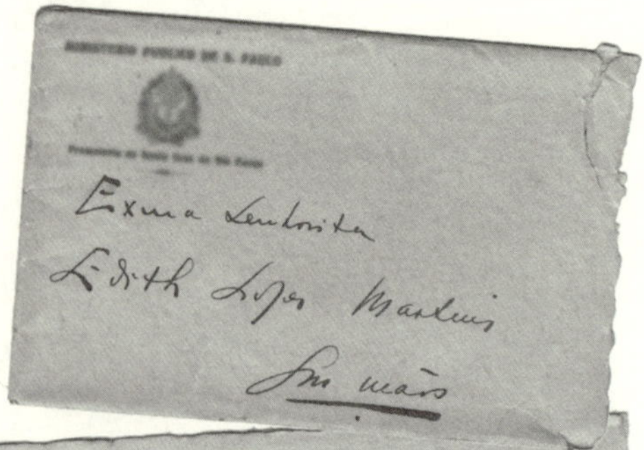
Exma Senhorita
Edith Lopes Martins
Em mãos

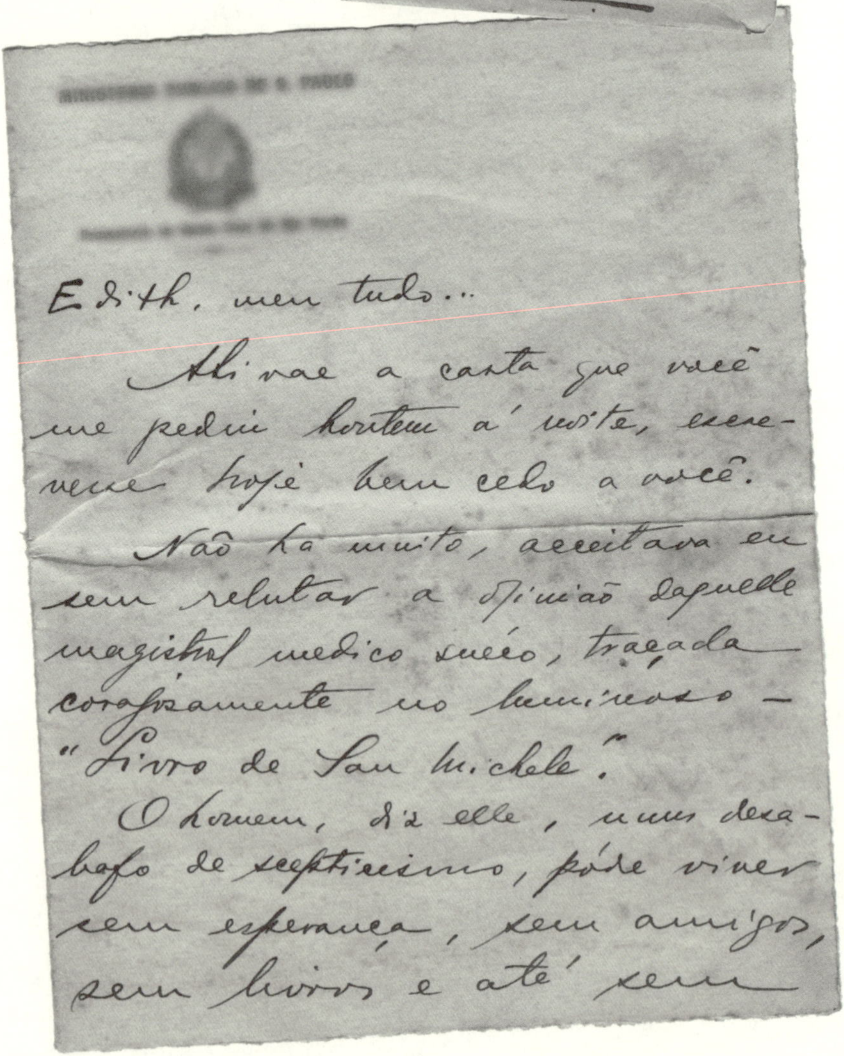
Edith, meu tudo...

Ahi vae a carta que você me pediu hontem á noite, escrevi-a hoje bem cedo a você.

Não ha muito, acceitava eu sem relutar a opinião daquelle magistral medico suéco, traçada corajosamente no luminoso "Livro de San Michele".

O homem, diz elle, num desabafo de scepticismo, póde viver sem esperança, sem amigos, sem livros e até sem

MS.6 *Excelentissima* Senhorita
Edith Lopes Martins
Em mãos

Edith, meu tudo...

Ahi vae a carta que você me pediu hontem á noite, escrevesse hoje bem cedo a você.

Não ha muito, aceitava eu sem relutar a opinião daquelle magistral medico suéco[1], traçada corajosamente no luminoso – "Livro de San Michele".

O homem, diz elle, num desabafo de scepticismo, póde viver sem esperança, sem amigos, sem livros e até sem

1 Axel Munthe (1857 – 1949), médico, psiquiatra e escritor. *O Livro de San Michelle*, obra autobiográfica, foi publicado em 1929.

musica, comtanto que possa ouvir o canto de uma ave á beira de sua janella ou a vóz do mar ao longe...

Agora, depois de tudo o que até hoje viveu entre nós, Edith querida, posso dizer, que isso será talvez possivel, si não tivermos atravessado em nossa vida, um vulto de mulher a quem amamos. Nem é por outra razão, que o quasi divino Vargas Villa, na sua "Ibis" maravilhosa, clama vencido:

"— Oh amor, tirano inexorable!

||1v|| musica, contanto que possa
ouvir o canto de uma ave
á beira de sua janela ou a
vóz do mar ao longe...

Agora, depois de tudo o que
até hoje viveu entre nós,
Edith querida, posso dizer, que
isso será talvez possivel, si
não tivermos attravessado em
nossa vida, um vulto de
mulher a quem amamos.

Nem é por outra razão, que o
quasi divino Vargas Villa[2], na
sua "Ibis" maravilhosa, clama
vencido:

"– Oh amor, tirano inexorable"

2 José Maria Vargas Villa (1860 -1933), escritor colombiano. A obra citada, *Ibis*, é de 1911.

– Nunca el hombre será
bastante fuerte para aca-
bar con tu Imperio, arre-
batarte el cétro, quitarte
el dominio de las almas
y desterrarte para siempre
de la vida?
– Tu reinado es eterno como el mal?
– Oh amor, rio sagrado de
la vida, nido eterno
e fangoso, nada escapa
a tu limo fecundante..."
Disse-me ontem você, estar

||2r|| - Nunca el hombre será
bastante fuerte para aca-
bar com tu Imperio, arre-
batarte el cétro, quitarte
el domínio de las almas
y desterrarte para siempre
de la vida?
- Tu reinado es eterno como el mar?
- Oh amor, rio sagrado de
la vida, nido eterno
e fangoso, nada escapa
a tu limo fecundante..."

Disse-me hontem você, estar

bem certa de não haver qual-
quer artificialidade na vida dos
seus sentimentos por mim.

Antes disso, fizera-me a
injustiça de vêr nas minhas
attitudes, a vontade de tudo
esquecer, num passe de magica...

Não; apenas eu quiz dizer a
você, que antes de misturar o
homem o seu sangue ao da
mulher que ama, as almas
devem estar indissoluvelmente
unidas, para sempre condemna-
das a' reciproca e voluntaria
escravização...

Onde a razão da paixão termina
a da morte principia, e

||2v|| bem certa de não haver qualquer artificialidade na vida dos seus sentimentos por mim.

Antes disso, fizera-me a injustiça de vêr nas minhas attitudes, a vontade de tudo esquecer, num passe de magica ...

Não; apenas eu quiz dizer a você, que antes de misturar o homem o seu sangue ao da mulher que ama, as almas devem estar indissoluvelmente unidas, para sempre condemnadas á reciproca e voluntaria escravização...

Onde a visão da paixão termina a da morte principia, e

essa cambiante de luz, podemos distinguil-a bem, quando tentamos extinguir em nós uma paixão...

Não; não era isso o que eu queria dizer hontem a você.

Apenas que, por já muito haver soffrido por você, nessa tão pequena trajectória de vinte e poucos dias, e temperado assim o meu amôr ao sopro dessas maguas fundas e impresentaveis, difficilmente poderia mais tarde me conformar á idéia de que, apparecesse a sombra de um

||3r|| essa cambiante de luz, podemos distinguil-a bem, quando tentamos extinguir de nós uma paixão...

Não; não era isso o que eu queria dizer hontem a você.

Apenas que, por já muito haver soffrido por você, nessa tão pequenina trajectória de vinte e poucos dias, e temperado assim o meu amôr ao sopro dessas maguas fundas e imprescutaveis, difficilmente poderia mais tarde, me conformar á ideia de que, apparecesse a sombra de um sonho, muitas saudades, uma decepção immensa, a amarga certeza de que cedo se acabara tudo quanto se amou, defendeu e serviu, a convicção emfim, de que tudo pertenceria a um desmoronado nas trevas, realidades immediatas e crueis, o isolamento, o entorpecimento...

Descançando em você desde o primeiro instante, todo o meu amôr, nada perguntando, não permittindo a você uma palavra sobre o passado ou sobre detalhes que nada fallam ao meu amôr, porque trazem a mystica de preconceitos

||3v|| sonho, muitas saudades, uma
decepção immensa, a amarga
certeza de que cedo se acabara
tudo quanto se amou, defendeu
e serviu, a convicção enfim, de
que tudo pertenceria a um desmo-
ronado nas trévas, realidades imme-
diatas e crueis, o isolamento, o
entorpecimento...

Descançando em você desde
o primeiro instante, todo o meu
amôr, nada perguntando,
não permittindo a você uma
palavra sobre o passado ou
sobre detalhes que nada fallam
ao meu amôr, porque trazem
a mystica de preconceitos

despreziveis, eu já me preparara para enfrentar um mundo gasto, que nada perdôa ao enthusiasmo, que se impacienta com todos os impulsos e se irrita com todas as audacias.

Já acastellara o meu amor, contra os pólipos e as arremettidas dos tolos inconscientes, dos ridiculos phariseus e dos gastos descrentes de um mundo de tartufos.

E tive a alegria de vêr, que conseguira com facilidade, isolar o meu affecto por você a posição inexpugnavel, a tudo

| | 4r | | desprezíveis, eu já me preparara
para enfrentar um mundo gasto,
que nada perdôa ao enthusiasmo,
que se impacienta com todos os
impulsos e se irrita com todas
as audacias.

Já acastellara o meu amôr,
contra os gólpes e as arremetidas
dos tolos inconscientes, dos ridículos
pharizeus e dos gastos descrentes
de um mundo de tartufos.

E tive a alegria de vêr, que com-
seguira com facilidade, isolar
o meu affecto por você a
posição inexpugnavel, a tudo

destentando, como a silhueta
dum pharól gigantesco em noite
de borrasca, batida pelas ondas,
coberta pelas espumas e corôada
de nuvens e de raios, permanece
a mesma na sua indiferença
e na certeza do seu poder e
da sua força...
Descançando em você, quiz
que você tambem tivesse a
certeza inabalavel de que
não vivia na artificialidade,
com passos incertos, perdidos
na illusão e na sombra.
Disse-me você firmemente
hontem, que essa arti-

||4v|| desdenhando, como a silhueta
dum pharól gigantesco em noite
de borrasca, batida pelas ondas,
coberta pelas espumas e corôada
de nuvens e de raios, permanece
a mesma na sua indiferença
e na certeza do seu poder e
da sua força...

Descançando em você, quiz
que você tambem tivesse a
certeza inabalavel de que
não vivia na artificialidade,
com passos incertos, perdidos
na illuzão e na sombra.

Disse-me você firmemente
hontem, que essa arti-

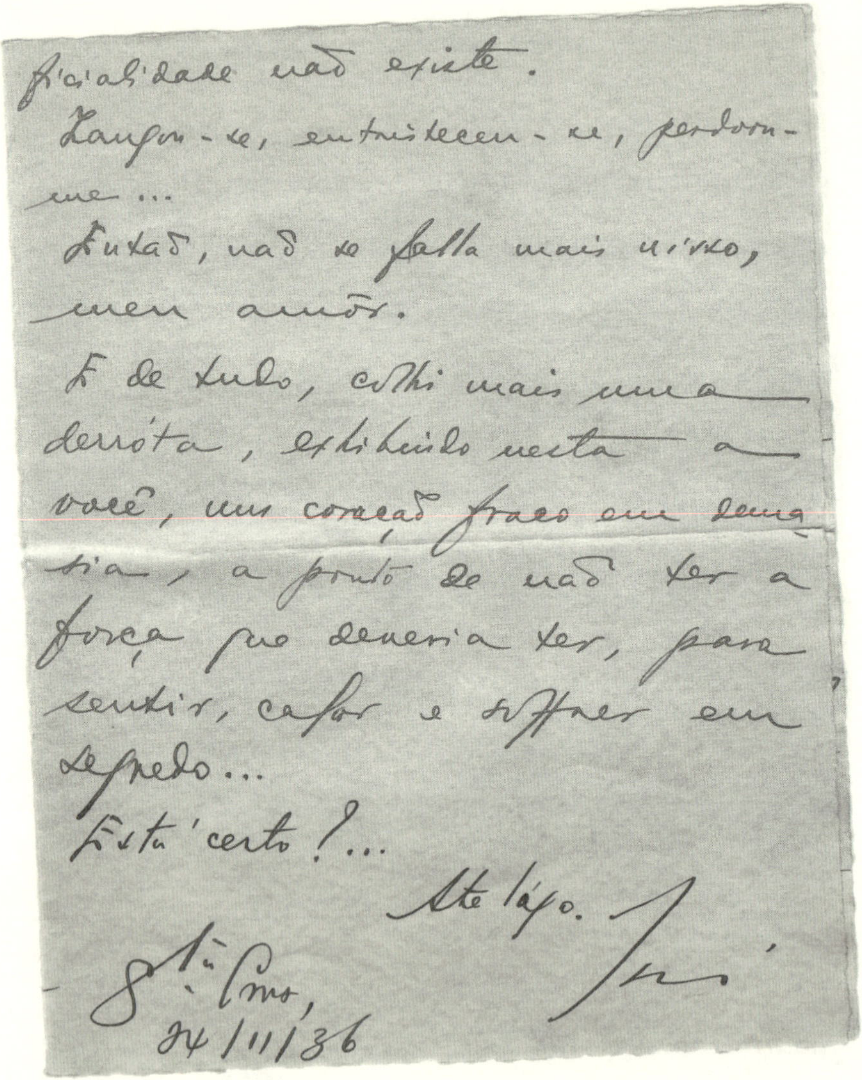

ficialidade não existe.

Zangou-se, entristeceu-se, perdoou-me...

Então, não se falla mais nisso, meu amôr.

E de tudo, colhi mais uma derrota, exhibindo nesta a você, um coração fraco em demasia, a ponto de não ter a força que deveria ter, para sentir, calar e soffrer em segredo...

Está certo?...

Até logo.

Jní

Sto. Amo., 24/11/36

||5r|| ficialidade não existe.

Zangou-se, entristeceu-se, perdoou-
me ...

Então, não se falla mais nisso,
meu amôr.

E de tudo, colhi mais uma
derróta, exhibindo nesta a
você, um coração fraco em dema-
sia, a ponto de não ter a
força que deveria ter, para
sentir, calar e soffrer em
segredo...

Está certo? ...

Ate lógo.

Santa Cruz, José

24/11/36

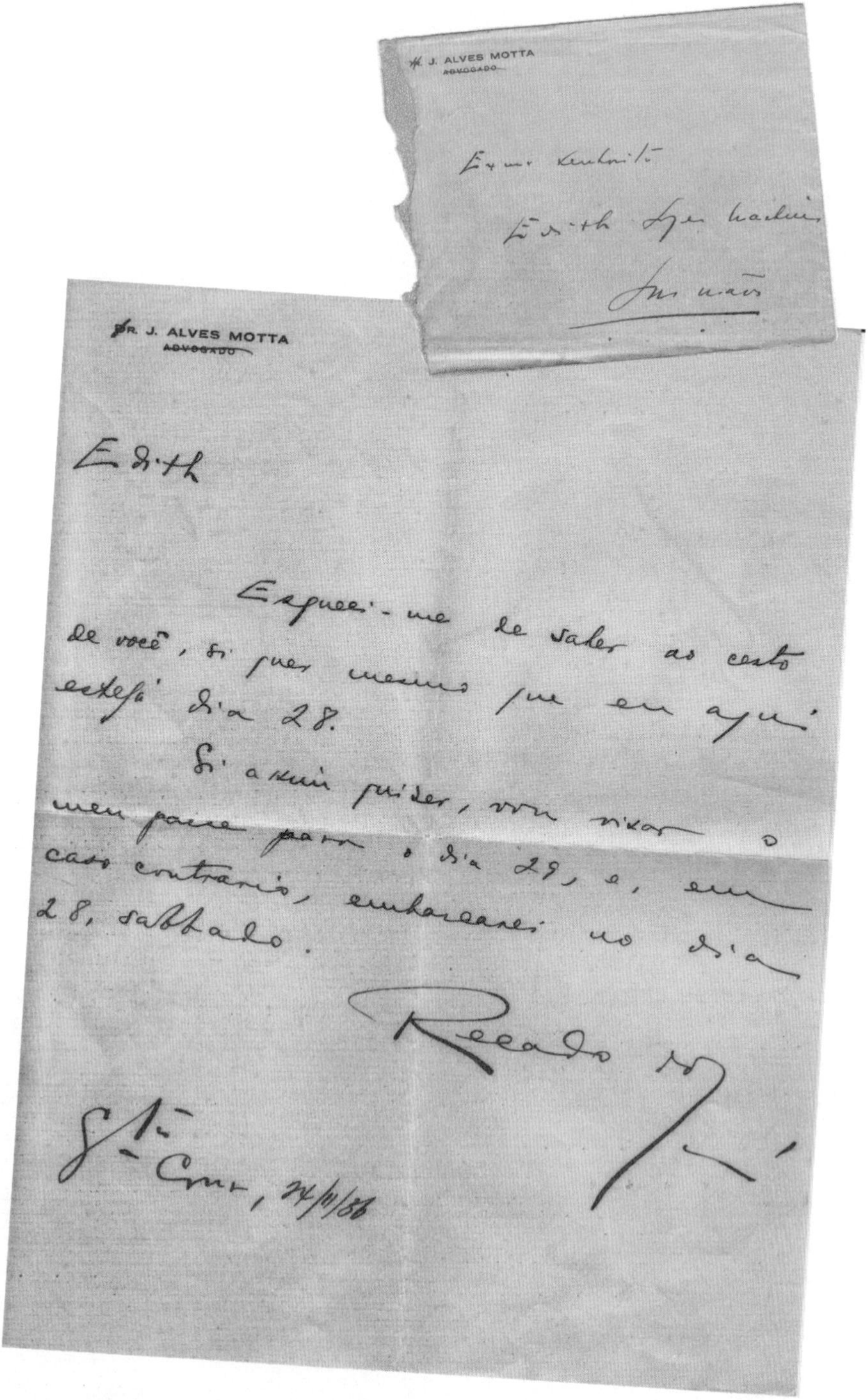

Dr. J. ALVES MOTTA
~~ADVOGADO~~

Exma. Senhorita
Edith Lopes Martins
Em mãos

Dr. J. ALVES MOTTA
~~ADVOGADO~~

Edith

Esqueci-me de saber ao certo de você, si quer mesmo que eu aqui esteja dia 28.

Si assim quiser, vou ficar o meu passe para o dia 29, e, em caso contrario, embarcarei no dia 28, sabbado.

Recado do Zé

Sta. Cruz, 24/11/36

ALVES MOTTA
ADVOGADO

MS.7 *Excelentissima* Senhorita
Edith Lopes Martins
<u>Em mãos</u>

Edith

Esqueci-me de saber ao certo de você, si quer mesmo que eu aqui esteja dia 28.

Si assim quiser, vou visar o meu passe para o dia 29, e, em caso contrario, embarcarei no dia 28, sabbado.

Recado do <u>José</u>.

<u>Santa</u> Cruz, 24/11/1936

Exma Senhorita

Edith Lopes Martins

Em mão

Edith, minha muito querida Edith

Como eu estava longe de
suppôr, que aquelle primeiro alarma,
aquelle primeiro toque de clarim,
aquelle alvoroçado rebate, em
meus sentimentos, n'aquella tarde
em que eu vi você pela vez
primeira, na estação, seria o
meu engajamento definitivo á
ordem de commando de um amor
tão exigente, envolvente, despótico...
Assemelha-se elle a essas doenças
que começam lentamente, por
indisposições ligeiras e convergentes,
até nos envolverem numa noite
em accessos violentos de febre...

MS.8 *Excelentissima* Senhorita
Edith Lopes Martins
<u>Em mãos</u>

Edith, minha muito querida Edith
Como eu estava longe de
suppôr, que aquelle primeiro alarma
aquelle primeiro tóque de clarim,
aquelle alvoroçado rebate, em
meus sentimentos, naquella tarde
em que eu vi você pela vez
primeira, na estação, seria o
meu angajamento definitivo á
ordem de commando de um amôr
tão exigente, envolvente, despótico...
Assemelha-se elle a essas doenças,
que começam lentamente, por
indisposições ligeiras e convergentes,
até nos envolverem numa noite
em acessos violentos de febre...

Sabe você que o desejo da alma
o tempo não sacia e nenhuma
caricia acalma ou fatiga?
Deve ser bom, muito bom, essa
continuidade de alegria, misturada
dos sentidos, do espirito e do cora-
ção...
Você, sempre você eu vejo, numa
certeza cega de que, as linhas de
seu rosto trazem a physionomia
da sua alma, escancarada
como um asylo de paz ao
soffrimento alheio, ao meu
soffrimento...
As horas que se approximam

||2r|| *Sabe você que o desejo da alma
o tempo não sacia e nenhuma
caricia acalma ou fatiga?
Deve ser bom, muito bom, essa
continuidade de alegria, misturada
dos sentidos, do espirito e do cora-
ção...
Você, sempre você eu vejo, núma
certeza cége de que, as linhas de
seu rosto trazem a physionomia
da sua alma, escancarada
como um asylo de paz ao
soffrimento alheio, ao meu
soffrimento...
As horas que se approximam*

para o embarque de amanhã,
eu sinto que não correm, voam,
apertando o coração da gente,
lenta e angustiosamente...

Antes de partir eu já tenho
uma saudade imensa de
você, de tudo aquillo que
me falla em você...

Por isso, mais do que nunca, posso
dizer agora, que amo muito
e muito a você, só a você
amo, e minha paz, minha
felicidade, dependem só
e só de você Edith, minha

||3r|| para o embarque de amanhã,
eu sinto que não correm, voam,
apertando o coração da gente
lenta e angustiadamente...
Antes de partir eu já tenho
uma saudade immensa de
você, de tudo aquillo que
me falla em você...
Por isso, mais do que nunca, posso
dizer agora, que amo muito
e muito a você, só a você
amo, e minha paz, minha
felicidade, dependem só
e só de você Edith, minha

Edith, 1941, Santos.

José e Edith, 1956, Águas de São Pedro.

José e Edith, 1956, Águas de São Pedro.

José e Edith, 1937, Santos.

José, Edith e os filhos, Ivan e Marcello, 1941, Santos.

José, Edith e os filhos, Ivan e Marcello, 1957,
Águas de São Pedro

Edith, 1936.

José, década de 1930.

Edith, década de 1950.

José e Edith, década de 1950,
centro de São Paulo.

José e Edith, janeiro de 1956, Águas de São Pedro.

Noiva querida.
Está certa disso?
Diga que sim, e mais que,
já me começou a me querer
bem, nem que seja - esse
querer - do tamanho daquelle
pontinho branco que você hontem
me mostrou na ponta de
sua unha...
São 9 horas. Vou ao summario,
pois, hoje é sabbado, e, o expediente
vae só até 1/2 dia.
Terei cabeça, para accusar, apurar a
sorte do réo, eu, que me accusando
de amar tanto a você, defendo com tanta
intransigencia o meu amor?...
Não creio...

Até logo. [illegible]

| | 4r | | noiva querida.
Está certa disso?
Diga que sim, e mais que,
já me começou a me querer
bem, nem que seja - esse
querer - do tamanho daquelle
pontinho branco que você hontem
me mostrou na ponta de
sua unha...
São 9 horas. Vou ao summario,
pois, hoje, é sabbado, e, o expediente
vae só até ½ dia.
Terei cabeça para accusar, approvar a
sórte do réo, eu, que me accusando
de amar tanto a você, defendo com tanta
intransigencia o meu amôr?...
Não creio... Até logo. José

E. F. SOROCABANA X. 61

TELEGRAMMA

Sr. Edith Lopes Martins

Chavantes

COPAG - S. Paulo - O. L. 14.000 - 200.000 env.

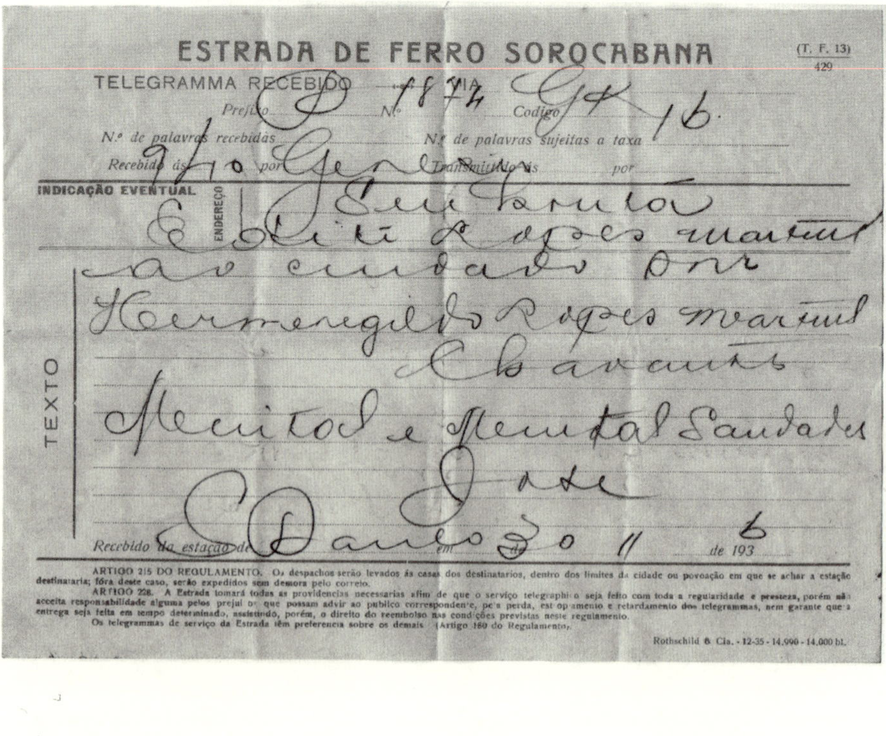

ESTRADA DE FERRO SOROCABANA (T. F. 13) 429

TELEGRAMMA RECEBIDO VIA

Prefixo P Nº 1874 Codigo G4 16.

Nº de palavras recebidas Nº de palavras sujeitas a taxa

Recebido ás 9,40 por Transmittido ás por

INDICAÇÃO EVENTUAL

ENDEREÇO

TEXTO

Edith Lopes Martins
ao cuidado Dr
Hermenegildo Lopes Martins
Chavantes
Muitos e muitos saudades
José

Recebido da estação de C Daneo em 20 11 6 de 193

ARTIGO 215 DO REGULAMENTO. Os despachos serão levados ás casas dos destinatarios, dentro dos limites da cidade ou povoação em que se achar a estação destinataria; fóra deste caso, serão expedidos sem demora pelo correio.

ARTIGO 228. A Estrada tomará todas as providencias necessarias afim de que o serviço telegraphico seja feito com toda a regularidade e presteza, porém não acceita responsabilidade alguma pelos prejuizos que possam advir ao publico correspondente, pela perda, estropiamento e retardamento dos telegrammas, nem garante que a entrega seja feita em tempo determinado, assistindo, porém, o direito do reembolso nas condições previstas neste regulamento.

Os telegrammas de serviço da Estrada têm preferencia sobre os demais (Artigo 180 do Regulamento).

Rothschild & Cia. - 12-35 - 14.990 - 14.000 bl.

MS.9

(T. F. 13)

429

ESTRADA DE FERRO SOROCABANA

TELEGRAMMA RECEBIDO VIA

Prefixo P N° 1874 Codigo GK

N° de palavras recebidas N° de palavras sujeitas a taxa 16

Recebido ás 940 por Genesio Transmittido ás por

---

indicação eventual Senhorita

Edith Lopes Martins

ao cuidado *Senhor*

Hermenegildo Lopes Martins

Chavantes

Muitas e Muitas Saudades

José

Recebido da Estação de *São* Paulo em 30 de 11 de 1936

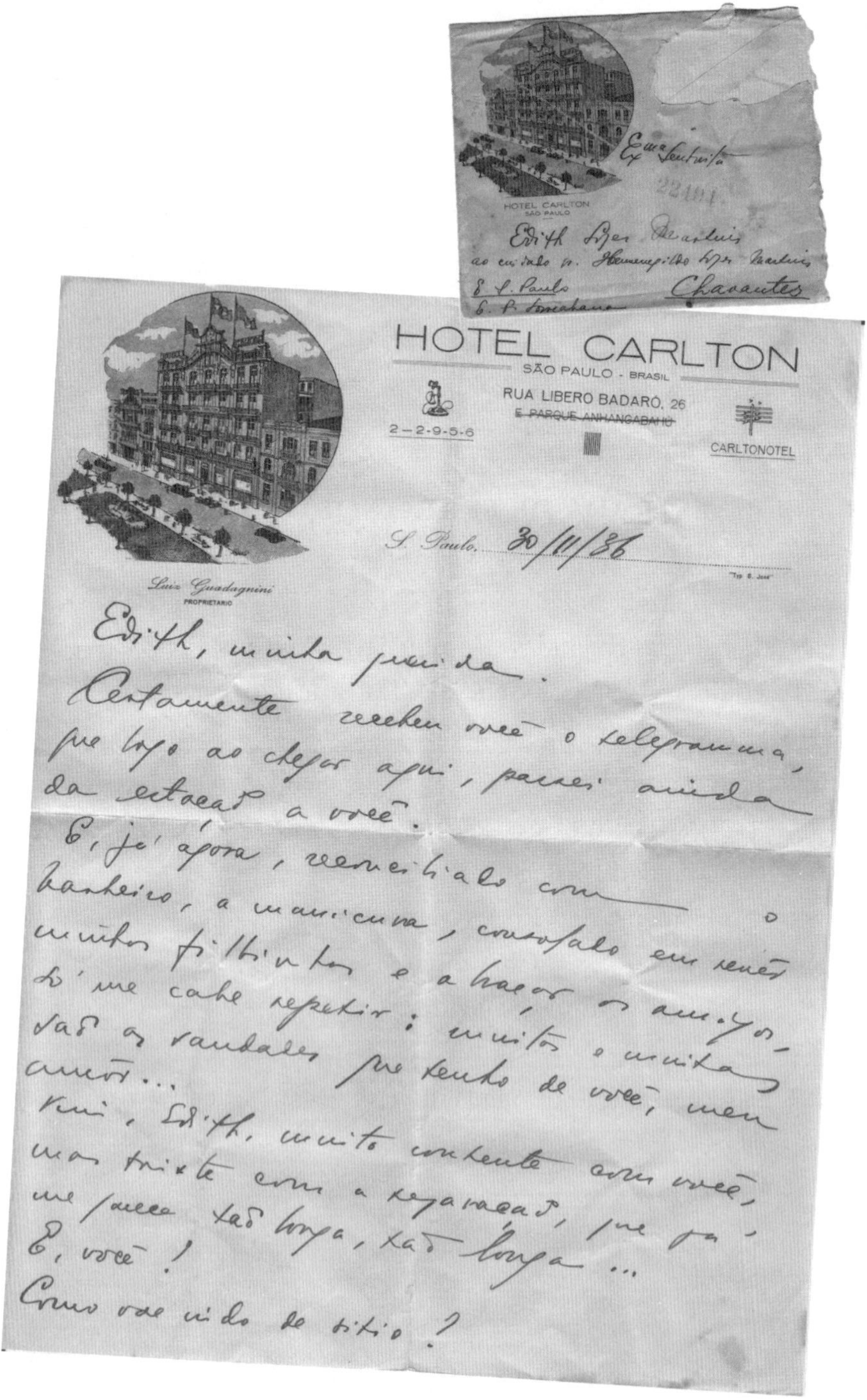

HOTEL CARLTON
SÃO PAULO

Exma Senhorita

22101

Edith Lopes Martins
ao cuidado sr. Hermenegildo Lopes Martins
E. S. Paulo Chavantes
E. F. Sorocabana

HOTEL CARLTON
SÃO PAULO - BRASIL
RUA LIBERO BADARÓ, 26
~~E PARQUE ANHANGABAHU~~
2-2-9-5-6
CARLTONOTEL

Luiz Guadagnini
PROPRIETARIO

S. Paulo, 30/11/36

"Typ S. José"

Edith, minha querida.

Certamente recebeu você o telegramma, que logo ao chegar aqui, passei ainda da estação a você.

E, já agora, reconciliado com o banheiro, a manicura, consolado em rever muitos filhinhos e abraçar os amigos, só me cabe repetir: muitos e muitas são as saudades que tenho de você, meu amor...

Vim, Edith, muito contente com você, mas triste com a separação, que me parece tão longa, tão longa!...

E, você!

Como vae indo do sitio?

MS.10 *Excelentissima* Senhorita
Edith Lopes Martins
ao cuidado *senhor* Hermenegildo Lopes Martins
Estação São Paulo Chavantes
Estrada de Ferro Sorocabana

São Paulo, 30/11/36

Edith, minha querida.
Certamente recebeu você o telegramma,
que logo ao chegar aqui, passei ainda
da estação a você.
E, já agora, reconciliado com o
barbeiro, a manicura, consolado em revêr
minhas filhinhas e abraçar os amigos,
só me cabe repetir: muitas e muitas
são as saudades que tenho de você, meu
amôr...
Vim, Edith, muito contente com você,
mas triste com a separação, que já
me parece tão longa, tão longa...
E, você?
Como vae indo de sitio?

Luiz Guadagnini
PROPRIETARIO

HOTEL CARLTON

SÃO PAULO - BRASIL

RUA LIBERO BADARÓ, 26
~~E PARQUE ANHANGABAHÚ~~

2-2-9-5-6

CARLTONOTEL

S. Paulo, ...

"Typ. S. José"

Tem lido muito, passeado, meditado?
Em mim, você pensa um pouquinho, tanto
quanto diz me querer, isto é, o tamanho
daquelle enigmatico pontinho que está na
ponta de sua unha?...
Ou, ainda não teve tempo para isso?
Quero ver si até o dia 10 poderei voltar,
salvo contra-tempos maiores; então, avisarei.
Eu queria dizer tanta coisa a você nesta
carta; no entanto, já no meio, vi-me
envolvido por um quê, quasi uma an-
gustia que não sei eu mesmo explicar...
— O meu endereço é o que está acima, no papel.
Diga-me alguma coisa; eu tenho tanta
necessidade de ouvir você, ficar amparado
aos teus sentimentos...

Adeus,

J—

||2r|| Tem lido muito, passeado, <u>meditado</u>?
Em mim, você pensou um pouquinho, tanto
quanto diz me querer, isto é, o tamanho
daquelle enigmatico pontinho que está na
ponta da sua unha? ...
Ou, ainda não teve tempo para isso?
Quero vêr si até o dia 10 poderei voltar,
salvo contratempo maior; então, avisarei.
Eu queria dizer tanta couza a você nesta
carta; no entanto, já no meio, vi-me
envolvido por um quê, quasi uma an-
gustia que não sei eu mesmo explicar...
- O meu endereço é o que está acima, ao papel.
Diga-me alguma couza; eu tenho tanta
necessidade de ouvir você, ficar amparado
aos seus sentimentos...

Adeus,

<u>José</u>.

E. F. SOROCABANA

TELEGRAMMA

Sr. Senhorita Edith Lopes M...
a/c do Sr. Hermenegildo L...
Martins
Chavantes

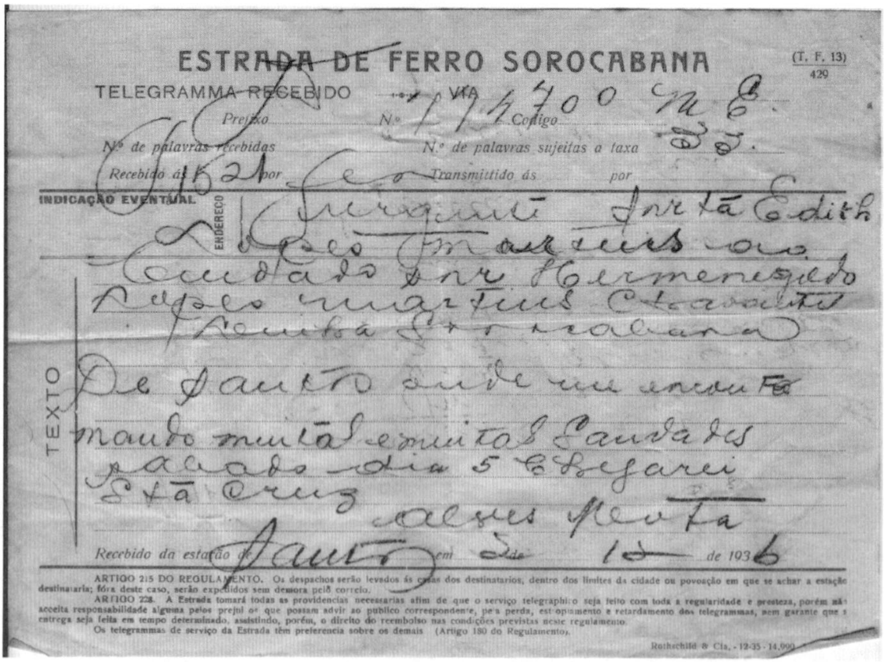

ESTRADA DE FERRO SOROCABANA (T. F. 13) 429

TELEGRAMMA RECEBIDO VIA

Prefixo N.º 774 700 Codigo

N.º de palavras recebidas N.º de palavras sujeitas a taxa

Recebido ás 15 21 por Transmittido ás por

INDICAÇÃO EVENTUAL

ENDEREÇO Urgente Snr.tá Edith Lopes Marques ao cuidado Snr Hermenegildo Lopes Martins Chavantes (Sorocabana)

TEXTO De Santos onde me encontro mando muitas e muitas saudades sabado dia 5 chegarei Sta Cruz

Alves Mota

Recebido da estação de Santos em 3 de 10 de 1936

ARTIGO 215 DO REGULAMENTO. Os despachos serão levados ás casas dos destinatarios, dentro dos limites da cidade ou povoação em que se achar a estação destinataria; fóra deste caso, serão expedidos sem demora pelo correio.

ARTIGO 228. A Estrada tomará todas as providencias necessarias afim de que o serviço telegraphico seja feito com toda a regularidade e presteza, porém não acceita responsabilidade alguma pelos prejuizos que possam advir ao publico correspondente, pela perda, extravio e retardamento dos telegrammas, nem garante que a entrega seja feita em tempo determinado, assistindo, porém, o direito do reembolso nas condições previstas neste regulamento.

Os telegrammas de serviço da Estrada têm preferencia sobre os demais (Artigo 180 do Regulamento).

Rothschild & Cia. - 12-35 - 14.000

MS.11

(<u>T. F. 13</u>)

429

ESTRADA DE FERRO SOROCABANA

TELEGRAMMA RECEBIDO VIA

Prefixo P N° 4700 Codigo M E

N° de palavras recebidas N° de palavras sujeitas a taxa 33

Recebido ás 15 21 por Gen Transmittido ás por

---

indicação eventual urgente *Senhorita* Edith

Lopes Martins ao

Cuidado *Senhor* Hermenegildo

Lopes Martins Chavantes

Linha Sorocabana

De Santos onde me encontro

mando muitas e muitas Saudades

sabado dia 5 chegarei

Santa cruz

<u>Alves Motta</u>

Recebido em Santos em 2 de 12 de 1936

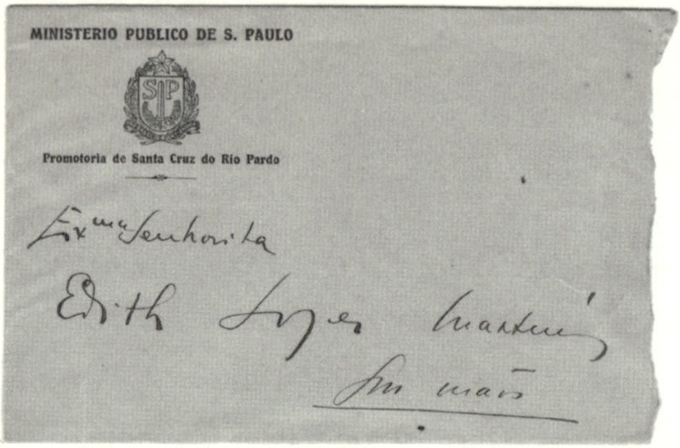

MINISTERIO PUBLICO DE S. PAULO

Promotoria de Santa Cruz do Rio Pardo

Exma Senhorita

Edith Lopes Martins

Em mãos

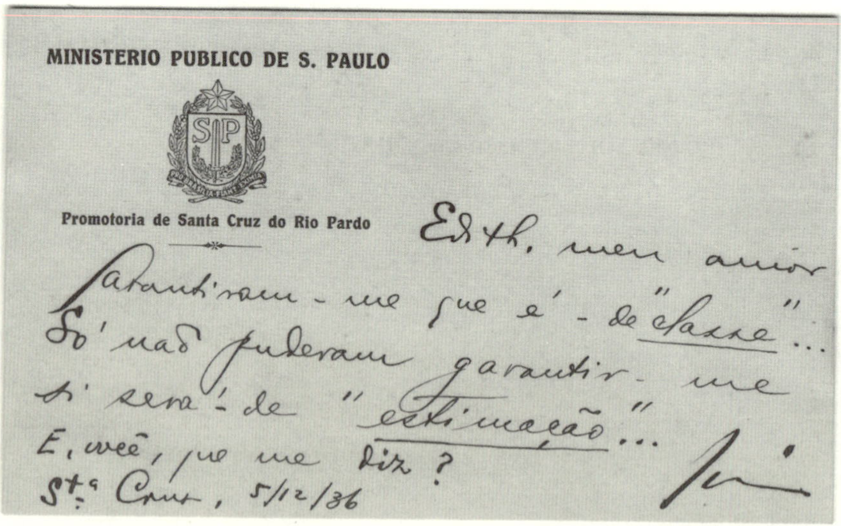

MINISTERIO PUBLICO DE S. PAULO

Promotoria de Santa Cruz do Rio Pardo

Edith, meu amor

Garantiram-me que é - de "classe"...

Só não puderam garantir-me

si será - de "estimação"...

E, você, que me diz?

St.ª Cruz, 5/12/36

[illegible]

MS.12 *Excelentissima* Senhorita
Edith Lopes Martins
<u>Em mãos</u>

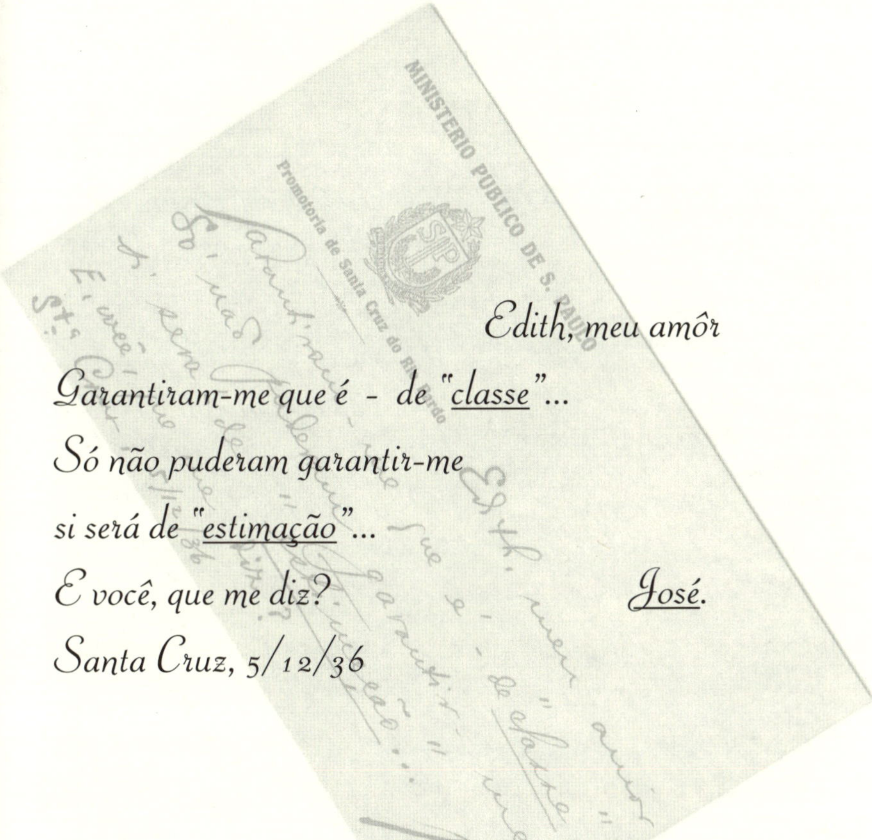

Edith, meu amôr

Garantiram-me que é - de "classe"...
Só não puderam garantir-me
si será de "estimação"...
E você, que me diz? *José.*
Santa Cruz, 5/12/36

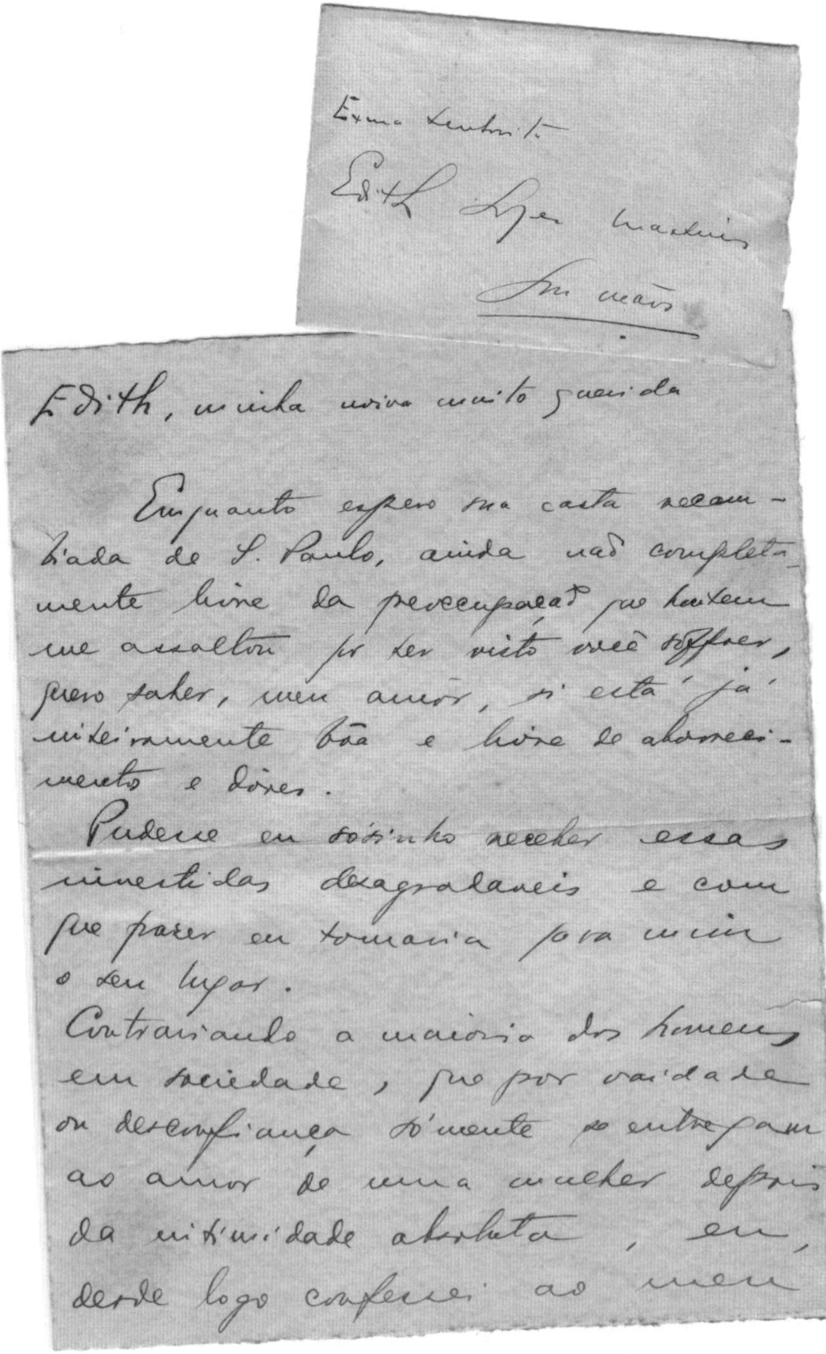

Exma Senhorita

Edith Lyra Martins

Em mãos

Edith, minha noiva muito querida

Enquanto espero sua carta recambiada de S. Paulo, ainda não completamente livre da preoccupação que hontem me assaltou por ter visto você soffrer, quero saber, meu amor, si está já inteiramente bôa e livre de aborrecimentos e dôres.

Pudesse eu sòsinho receber essas investidas desagradaveis e com que prazer eu tomaria para mim o seu logar.

Contrariando a maioria dos homens em sociedade, que por vaidade ou desconfiança sòmente se entregam ao amor de uma mulher depois da intimidade absoluta, eu, desde logo confessei ao meu

MS.13 *Excelentissima* Senhorita
Edith Lopes Martins
<u>Em mãos</u>

Edith, minha noiva muito querida

Enquanto espero sua carta recambiada deSão Paulo, ainda não completamente livre da preocupação que hontem me assaltou por ter visto você soffrer, quero saber, meu amôr, si está já inteiramente bôa e livre de aborrecimento e dôres.
Pudesse eu sozinho receber essas investidas desagradaveis e com que prazer eu tomaria para mim o seu lugar.
Contrariando a maioria dos homens, em sociedade, que por vaidade ou desconfiança sómente se entregam ao amor de uma mulher depois da intimidade absoluta, eu, desde logo confessei ao meu

pobre coração soffredor a minha
derróta, e a minha solidão o
segredo della.

E como é necessaria a solidão
para gosar-se do proprio coração e
para amar, sublinha Stendhal, o
maravilhoso chiromante das tricas
sentimentaes.

Depois, o meu amor por você
Edith, é como a febre; surgiu
sem que a vontade absolutamente
se manifestasse.

E como comprehendo bem, já
agora, a verdade de que, a felici-
dade só é uniforme em sua
origem, porque cada dia que
passa dá uma flor differente.

||2r|| pobre coração soffredor a minha
derróta, e á minha solidão o segredo della.
E como é necessaria a solidão
para gozar-se do proprio coração e
para amar, sublinha Stendhal[3], o
maravilhoso chiromante das tricas
sentimentaes.
Depois, o meu amôr por você
Edith, é como a febre; surgiu
sem que a vontade absolutamente
se manifestasse.
E como comprehendo bem, já
agora, a verdade de que, a felici-
dade só é uniforme em sua
origem, porque cada dia que
passa dá uma flôr differente.

3 Stendhal (1783 – 1842), cujo nome verdadeiro era Henri-Marie Beyle, foi um escritor francês, autor, dentre outros, do livro *O vermelho e o Negro*.

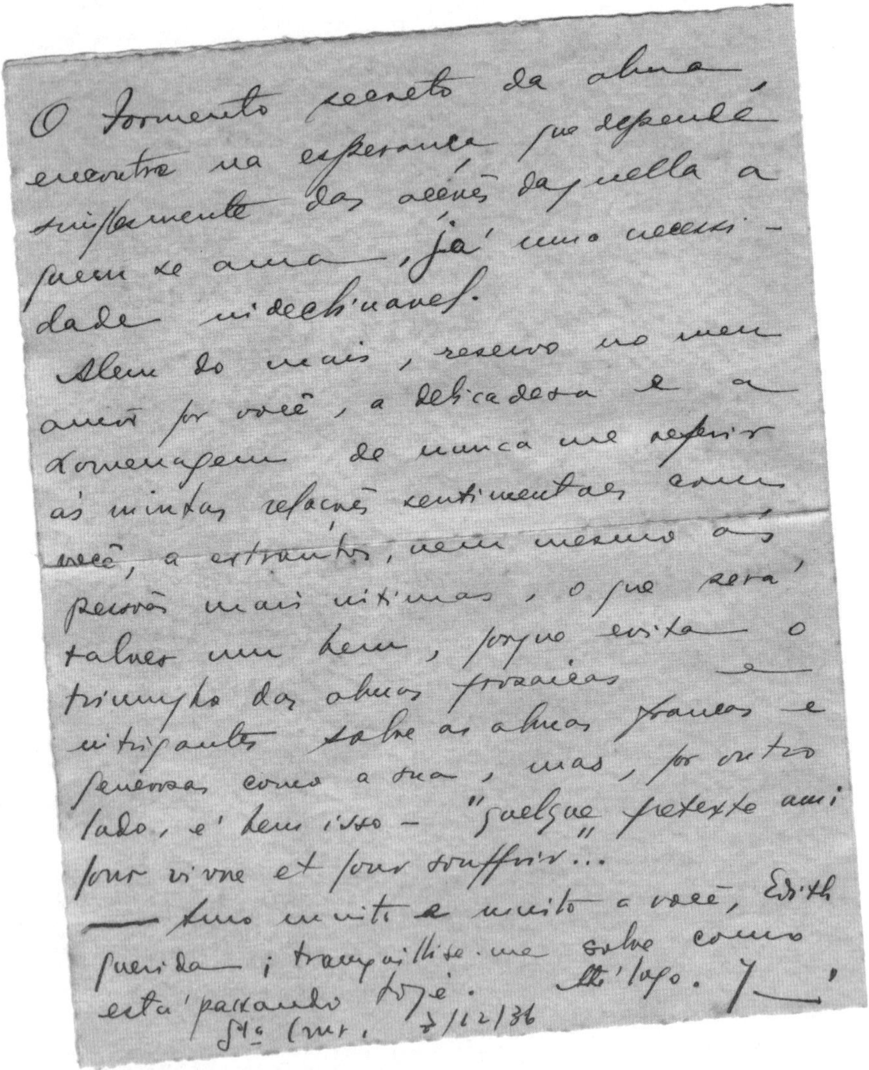

O tormento secreto da alma, encontra na esperança que depende simplesmente das acções daquella a quem se ama, já uma necessidade indeclinavel.

Alem do mais, reservo no meu amor por você, a delicadeza e a homenagem de nunca me referir ás minhas relações sentimentaes com você, a estranhos, nem mesmo ás pessoas mais intimas, o que será talvez um bem, porque evita o triumpho das almas fracas e intrigantes sobre as almas francas e generosas como a sua, mas, por outro lado, é bem isso — "quelque pretexte aussi pour vivre et pour souffrir..."

— Amo muito e muito a você, Edith querida; tranquillise-me sobre como está passando hoje. Até logo. J.

Sta. Cruz, 3/12/36

||3r||O tormento secreto da alma, encontra na esperança que depende simplesmente das acções daquella a quem se ama, já uma necessidade indeclinavel.

Alem do mais, reservo no meu amôr por você, a delicadeza e a homenagem de nunca me referir ás minhas relações sentimentaes com você, a estranhos, nem mesmo ás pessôas mais intimas, o que será talvez um bem, porque evita o triumpho das almas prosaicas e intrigantes sobre as almas francas e generosas como a sua, mas, por outro lado, é bem isso — "quelque pretexte ami pour vivre et pour souffrir"...[4]

- Amo muito e muito a você, Edith querida; tranquillize-me sobre como está passando hoje. Até logo.

José.

Santa Cruz, 7/12/36

4 André Chénier (1762-1794), poeta francês. A maior parte de seus poemas foi publicada postumamente e reverenciada pelos escritores românticos franceses, dentre os quais Stendhal.

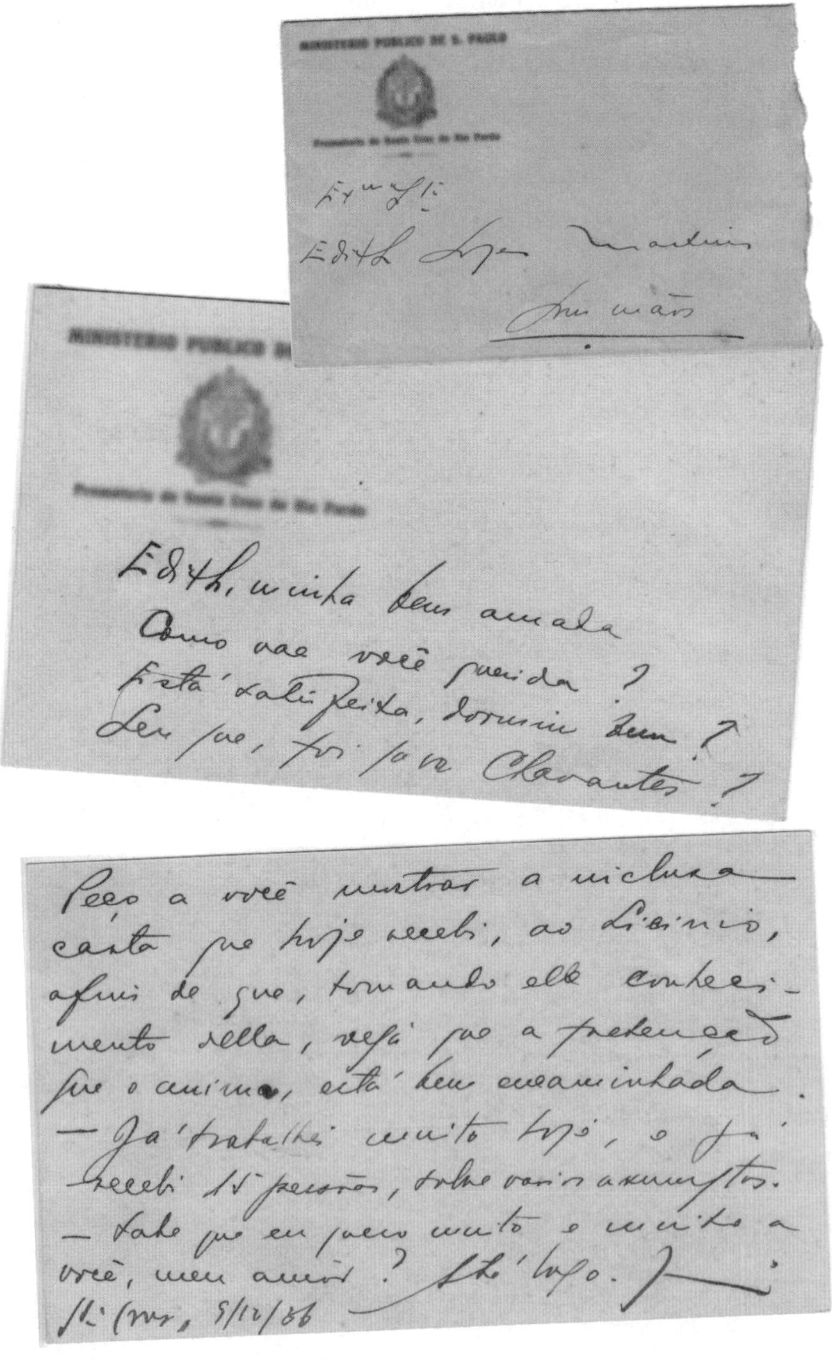
MINISTERIO PUBLICO DE S. PAULO

Promotoria de Santa Cruz do Rio Pardo

Exma. Sra.

Edith Lopes Martins

Em mãos

MINISTERIO PUBLICO DE S. PAULO

Promotoria de Santa Cruz do Rio Pardo

Edith, minha bem amada
Como vae você querida?
Está satisfeita, dormiu bem?
Seu pae, foi para Chavantes?

Peço a você mostrar a inclusa carta que hoje recebi, ao Licinio, afim de que, tomando elle conhecimento della, veja que a pretenção que o animo, está bem encaminhada. — Já trabalhei muito hoje, e já recebi 15 pessoas, sobre varios assumptos. — Sabe que eu penso muito e muito a você, meu amor? Até logo.

St. Cruz, 9/12/36

MS.14 *Excelentissima* Senhorita
Edith Lopes Martins
Em mãos

Edith, minha bem amada

Como vae você, querida?

Está satisfeita, dormiu bem?

Leu que, fui para Chavantes?

Peço a você mostrar a inclusa carta que hoje recebi, ao Licinio, afim de que, tomando elle conhecimento della, veja que a pretensão que o animou, está bem encaminhada.

-Já trabalhei muito hoje, e já recebi 15 pessôas, sobre varios assumptos.

- Sabe que eu quero muito e muito a você, meu amôr? Até logo. José.

Santa Cruz, 9/12/36

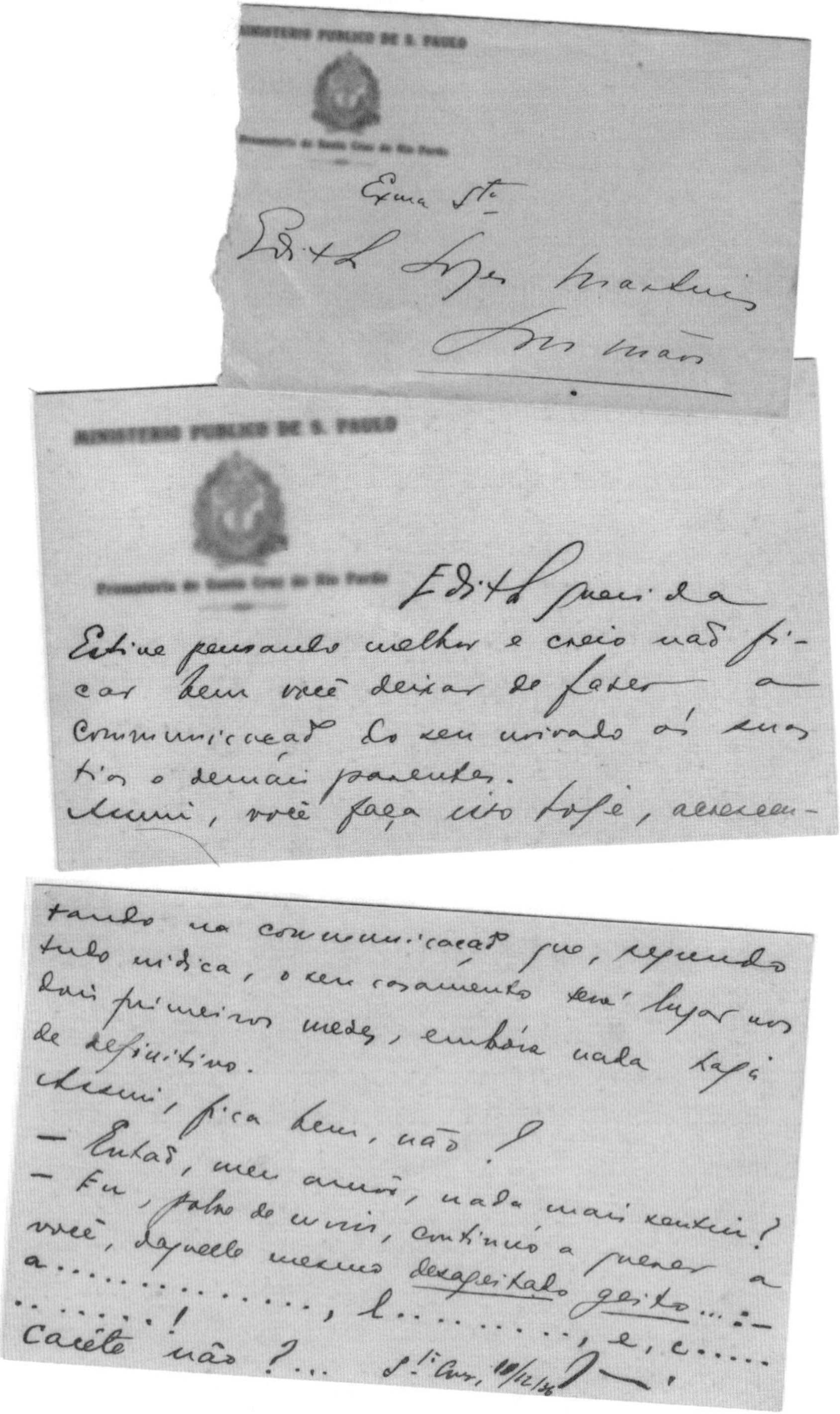
MINISTERIO PUBLICO DE S. PAULO
Promotoria de Santa Cruz do Rio Pardo

Exma Sra
Edith Lopes Martins
Em mãos

MINISTERIO PUBLICO DE S. PAULO
Promotoria de Santa Cruz do Rio Pardo

Edith querida

Estive pensando melhor e creio não ficar bem você deixar de fazer a communicação do seu noivado ás suas tias e demais parentes.
Assim, você faça isto hoje, accrescentando na communicação que, segundo tudo indica, o seu casamento terá lugar nos dois primeiros mezes, embora nada haja de definitivo.
Assim, fica bem, não?
— Então, meu amor, nada mais sentiu?
— Eu, falho de assim, continúo a querer a você, daquelle mesmo desapeitado gesito... a..............., b.........., e, c.....
......! Cacête não?... S. Cruz, 10/12/36 J—.

MS.15 *Excelentissima* Senhorita
Edith Lopes Martins
Em mãos

Edith querida

Estive pensando melhor e creio não ficar bem você deixar de fazer a communicação do seu noivado ás suas tias e demais parentes.

Assim, você faça isso hoje, acrecentando na communicação que, segundo tudo indica, o seu casamento terá lugar aos dois primeiros mezes, embóra nada haja de definitivo.

Assim, fica bem, não?

- Então, meu amôr, nada mais sentiu?

- Eu, pobre de mim, continuo a querer a você, daquelle mesmo desajeitado geito ...: - a............., l........., e, c.....

.......!

Cacête não? ...Santa Cruz, 10/12/36. José.

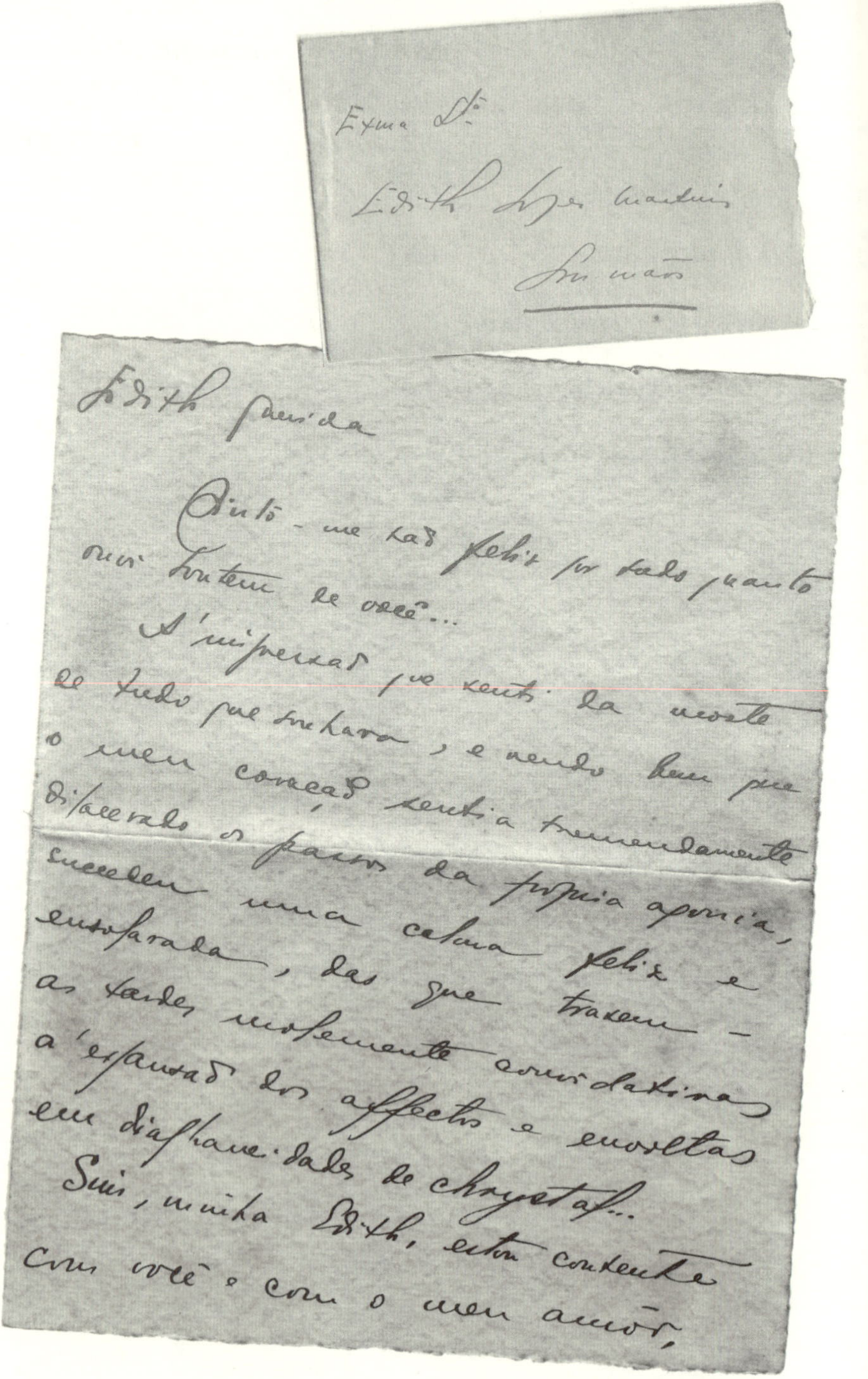

Exma Sra

Edith Lopes Martins

Em mãos

Edith querida

Sinto-me tão feliz por tudo quanto ouvi hontem de você...

A impressão que senti da morte de tudo que sonhara, e vendo bem que o meu coração sentia tremendamente dilacerado os passos da propria agonia, succedeu uma calma feliz e entorparada, das que trazem as tardes morosamente convidativas a expansão dos affectos e envoltas em diaphaneidades de chrystal...

Sim, minha Edith, estou contente com você e com o meu amor,

MS.16 *Excelentissima* Senhorita
Edith Lopes Martins
Em mãos

Edith querida

Sinto-me tão feliz por tudo quanto ouvi hontem de você...

Á impressão que senti da morte de tudo que sonhara, e vendo bem que o meu coração sentia tremendamente dilacerado os passos da propria agonia, sucedeu uma calma feliz e ensolarada, das que trazem - as tardes molemente convidativas á expansão dos affectos e envoltas em diaphaneidades de chrystal...

Sim, minha Edith, estou contente com você e com o meu amôr,

e, pode crer, nisso está toda a
razão do meu viver, da minha
crença, da minha vontade
cheia de fé, para lutar e vencer.
Postos de lado, todas as misérias
que nos cercam, não é?
— Venha hoje, ás 11 1/2, almoçar
commigo, antes da audiencia,
sòzinhos, bem juntinhos,
longe de tudo e de todos...
Não diga que não, meu amor,
meu tudo... Beijado do seu

Ptª Cur., 17/12/86

||2r|| e, póde crêr, nisso esta toda a
razão do meu viver, da minha
crença, da minha vontade
cheia de fé, para lutar e crescer.

Postas de lado, todas as miserias
que nos cercam, não é?

- Venha hoje, ás 11½, almoçar
commigo, antes da audiencia,
sózinhos, bem juntinhos,
longe de tudo e de todos...

Não diga que não, meu amôr,
meu tudo...!

Recado do seu <u>José</u>.

Santa Cruz, 17/12/1936

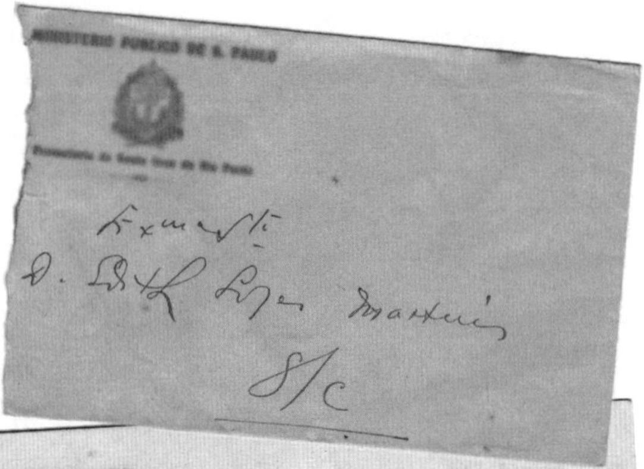
MINISTERIO PUBLICO DE S. PAULO

Promotoria de Santa Cruz do Rio Pardo

Exma. Sra.

D. Edith Lopes Martins

S/C

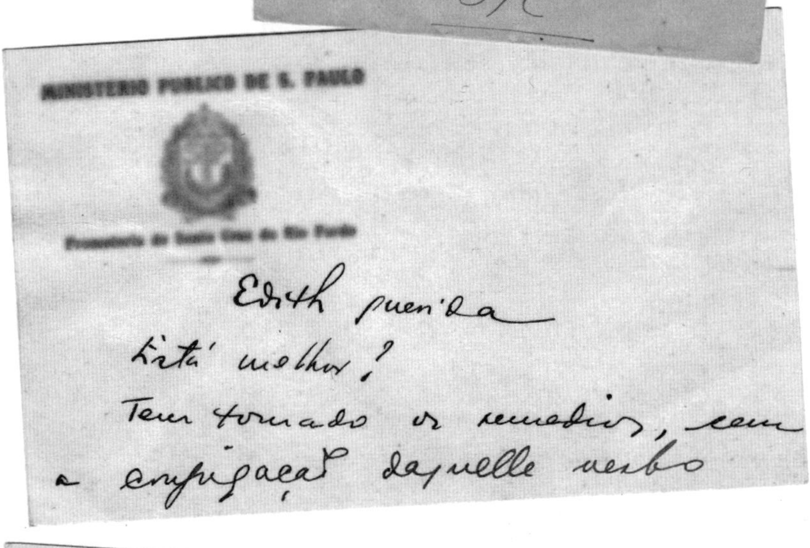
MINISTERIO PUBLICO DE S. PAULO

Promotoria de Santa Cruz do Rio Pardo

Edith querida

Está melhor?

Tem tomado os remedios, com a explicação daquelle verbo

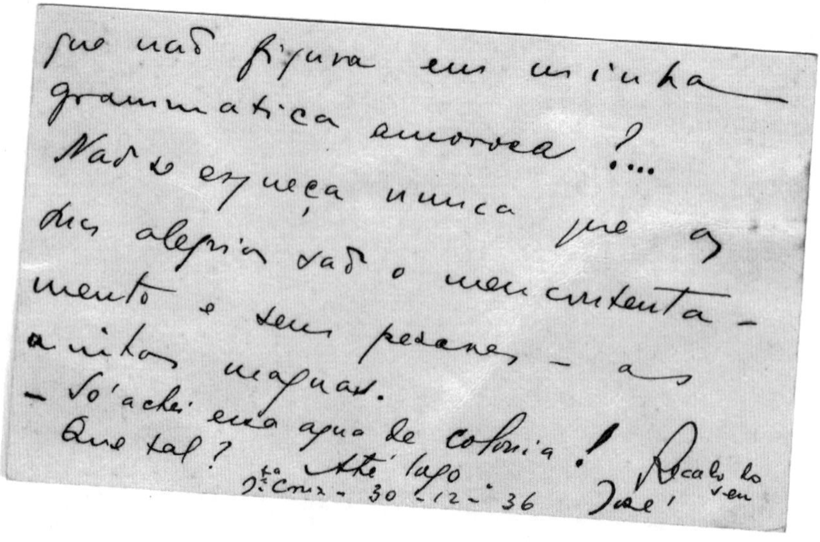
que não figura em minha grammatica amorosa?...

Não se esqueça nunca que as suas alegrias são o meu contentamento e seus pesares — as minhas maguas.

— Só achei essa agua de colonia! Que tal?

Até logo.

Sta. Cruz - 30-12-36

Receba-o [illegible]

José

MS.17 *Excelentissima* Senhorita
Edith Lopes Martins
Seu criado

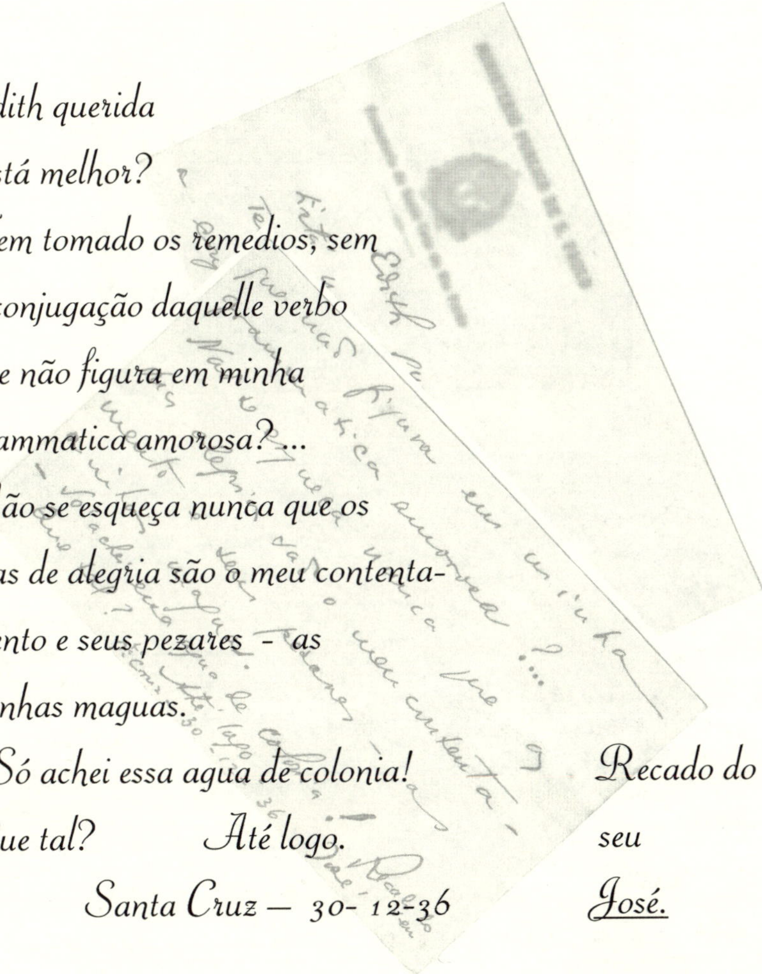

Edith querida
Está melhor?
Tem tomado os remedios, sem
a conjugação daquelle verbo
que não figura em minha
grammatica amorosa? ...
Não se esqueça nunca que os
dias de alegria são o meu contenta-
mento e seus pezares - as
minhas maguas.
- Só achei essa agua de colonia!
Que tal? Até logo.
Santa Cruz — 30- 12-36

Recado do
seu
José.

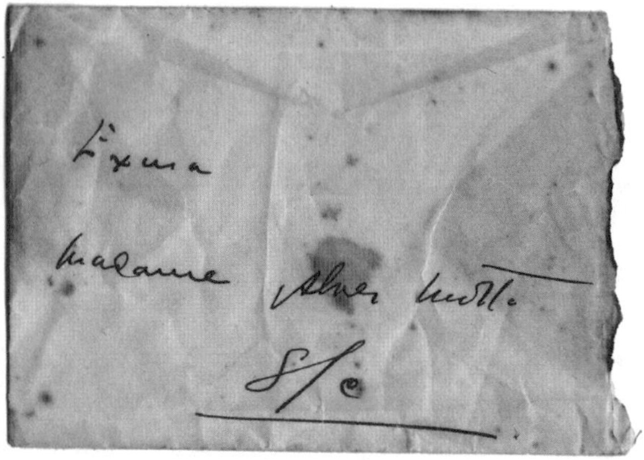

Exma

Madame Alves Motta

S/c

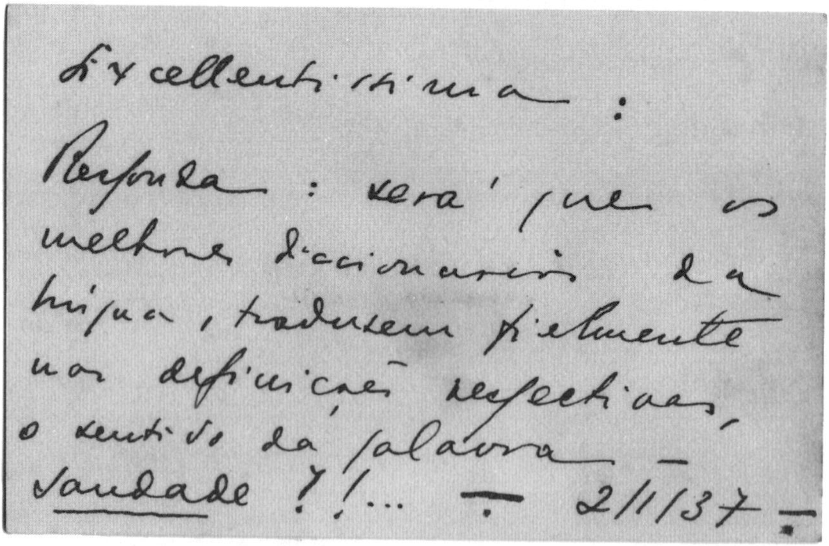

Excellentissima:

Responda: será que os melhores diccionarios da lingua, traduzem fielmente nas definições respectivas, o sentido da palavra — saudade ?!... — 2/1/37 —

MS.18 *Excelentissima*
Madame Alves Motta
Seu criado

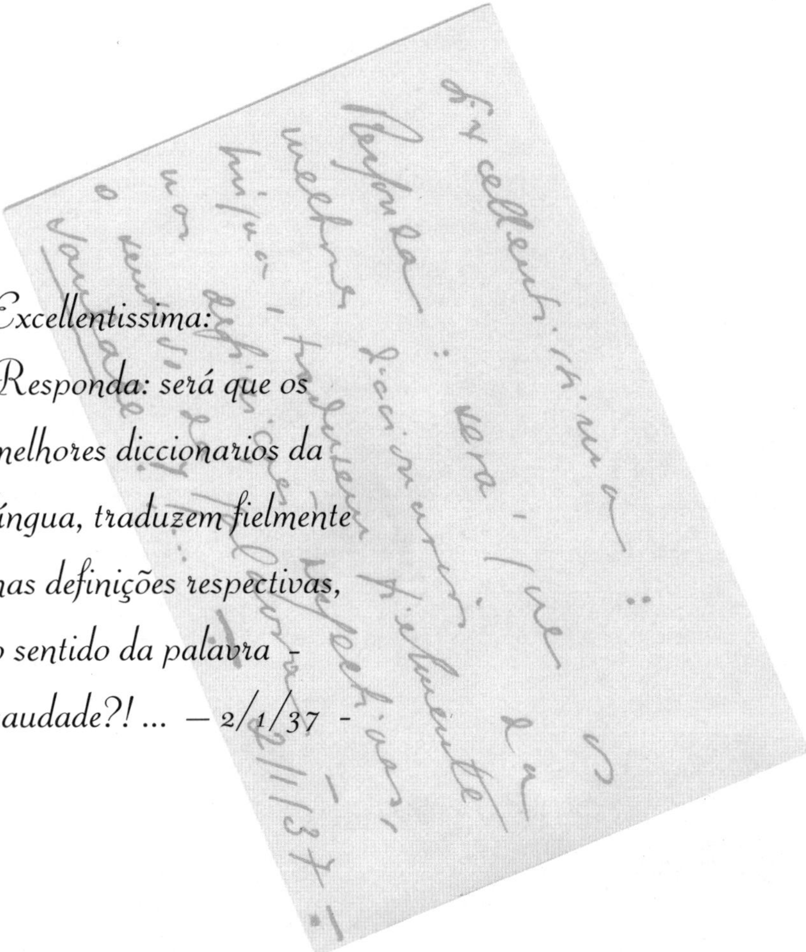

Excellentissima:

Responda: será que os melhores diccionarios da língua, traduzem fielmente nas definições respectivas, o sentido da palavra - saudade?! ... — 2/1/37 -

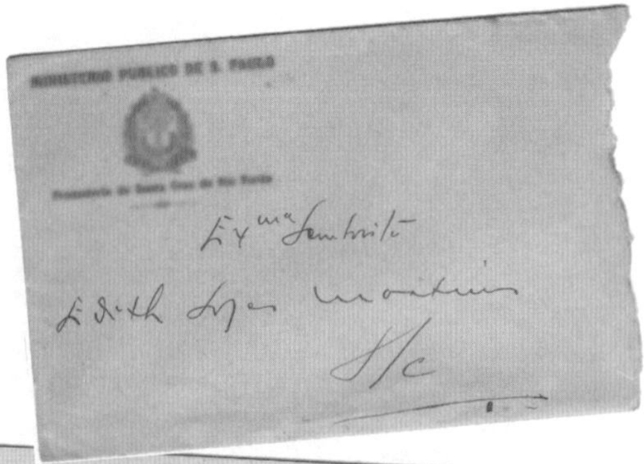
MINISTERIO PUBLICO DE S. PAULO

Promotoria de Santa Cruz do Rio Pardo

Exma Senhorita

Edith Lopes Monteiro

S/C

MINISTERIO PUBLICO DE S. PAULO

Promotoria de Santa Cruz do Rio Pardo

Edith querida

Alguem que acaba de sair do meu escriptorio, dizia-me: sabe como eu classifico a Promotoria de Santa Cruz, no actual momento?
A Justiça amorosa...

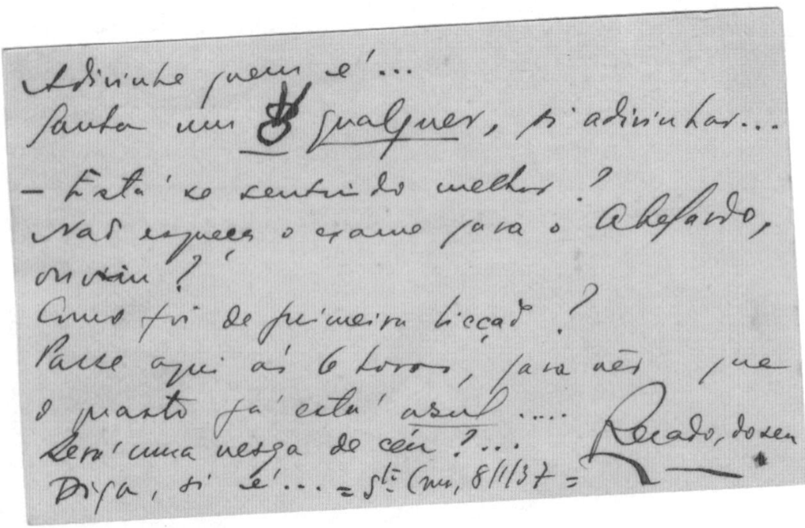
Adivinhe quem é...
Ganha um qualquer, si adivinhar...
— Está se sentindo melhor?
Não esqueça o exame para o Alexandre, ouviu?
Como foi de primeira licção?
Passe aqui ás 6 horas, para vêr que o quarto já está azul....
Será uma nesga de céu?...
Diga, si é... = Sta. Cruz, 8/1/37 = Ricardo, do seu

MS.19 Excelentissima Senhorita
Edith Lopes Martins
Seu criado

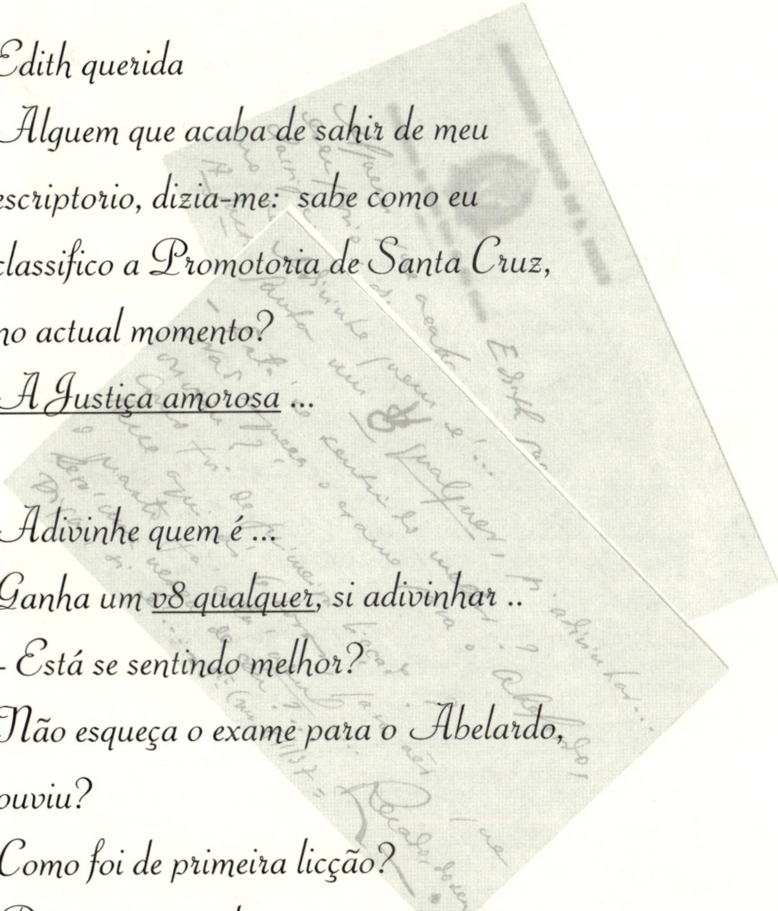

Edith querida

Alguem que acaba de sahir de meu escriptorio, dizia-me: sabe como eu classifico a Promotoria de Santa Cruz, no actual momento?

A Justiça amorosa ...

Adivinhe quem é ...

Ganha um v8 qualquer, si adivinhar ..

- Está se sentindo melhor?

Não esqueça o exame para o Abelardo, ouviu?

Como foi de primeira licção?

Passe aqui ás 6 horas, para vêr que o quarto já está azul ...

Será uma nesga de céu? ...

Diga, si é ... = Santa cruz, 8/1/37 =

Recado, do seu
José.

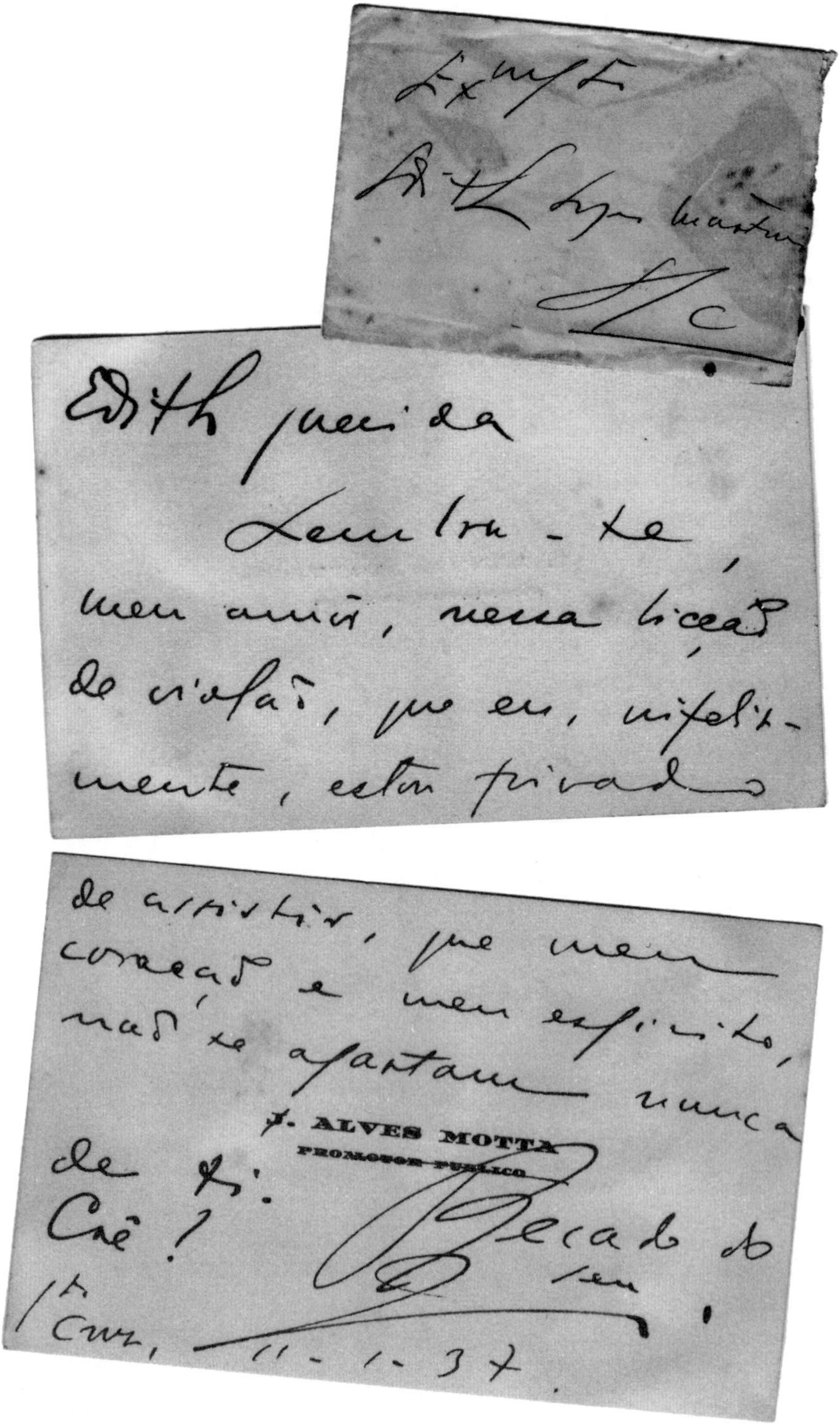
Ex.ma
Sr.ta Edith Lopes Martins
S/c

Edith querida

Lembra-te, meu amor, nessa licção de violão, que eu, infelizmente, estou privado de assistir, que meu coração e meu espírito, não se apartam nunca de ti!

Caê!

J. ALVES MOTTA
PROMOTOR PUBLICO

Becado
seu

1ª Cruz, 11-1-37.

MS.20 *Excelentissima* Senhorita
Edith Lopes Martins
Seu criado

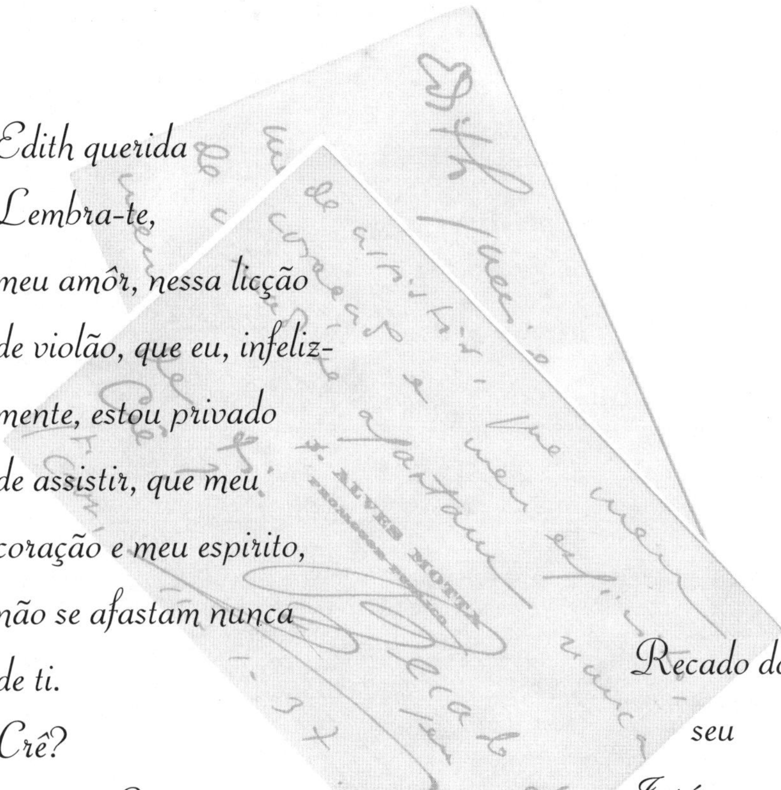

Edith querida
Lembra-te,
meu amôr, nessa licção
de violão, que eu, infeliz-
mente, estou privado
de assistir, que meu
coração e meu espirito,
não se afastam nunca
de ti.
Crê?
Santa Cruz, 11 - 1 - 37

Recado do
seu
José.

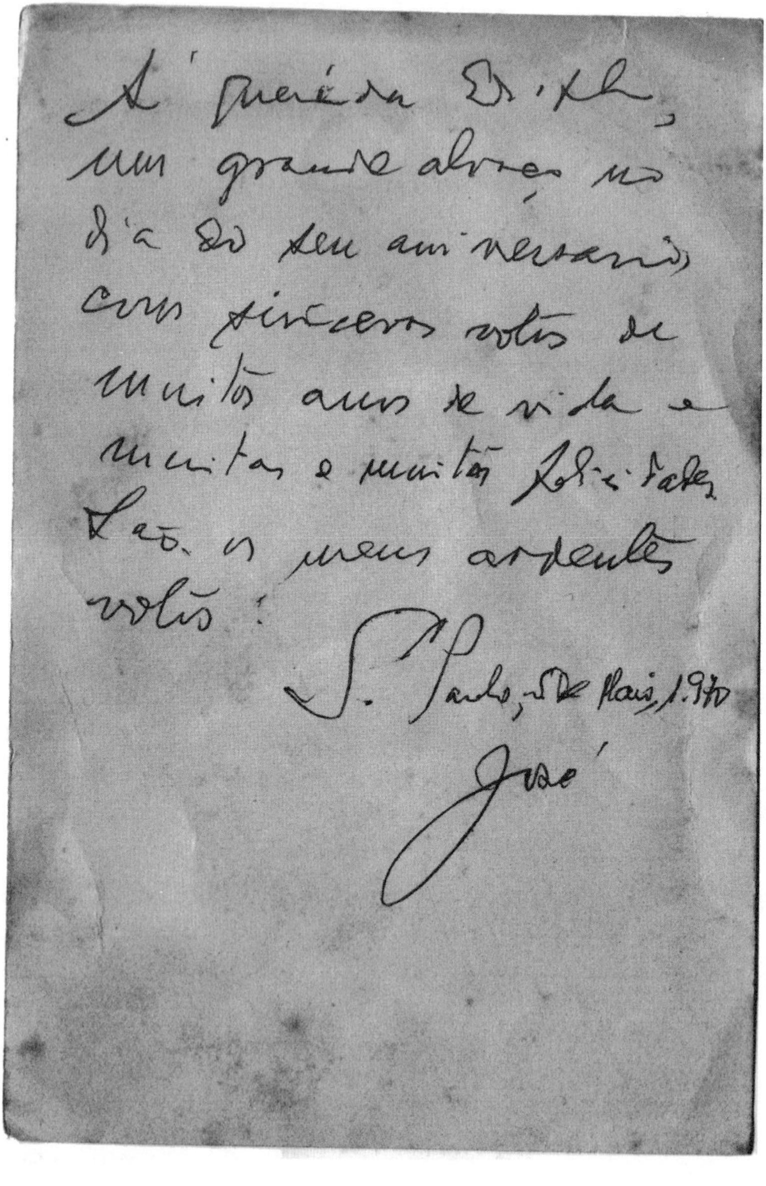

À querida Edith,
um grande abraço no
dia do seu aniversário,
com sinceros votos de
muitos anos de vida e
muitas e muitas felicidades
São os meus ardentes
votos!

S. Paulo, 5 de Maio, 1.970

José

A última Carta...

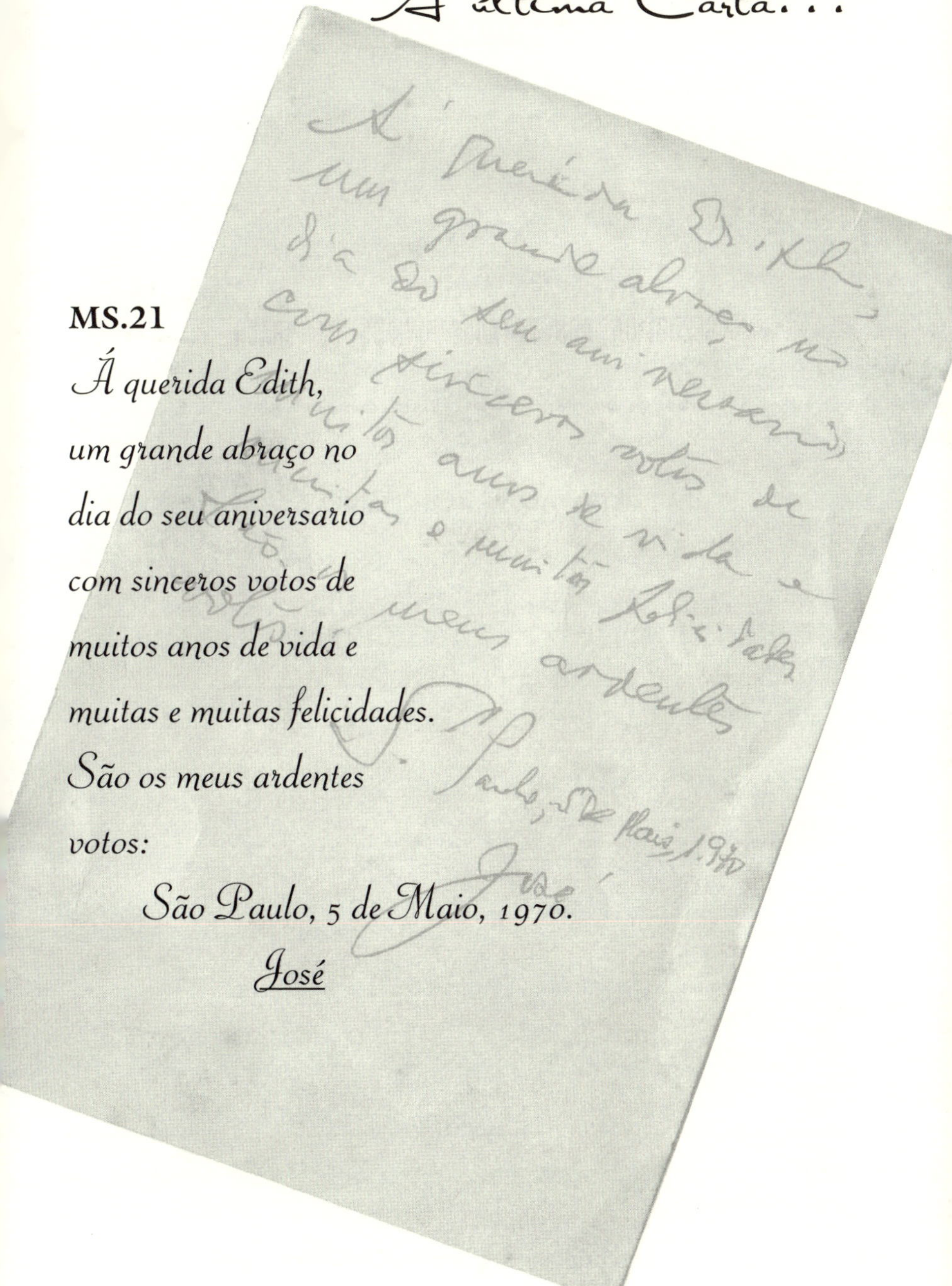

MS.21

Á querida Edith,
um grande abraço no
dia do seu aniversario
com sinceros votos de
muitos anos de vida e
muitas e muitas felicidades.
São os meus ardentes
votos:

São Paulo, 5 de Maio, 1970.

José

Fatos e registros

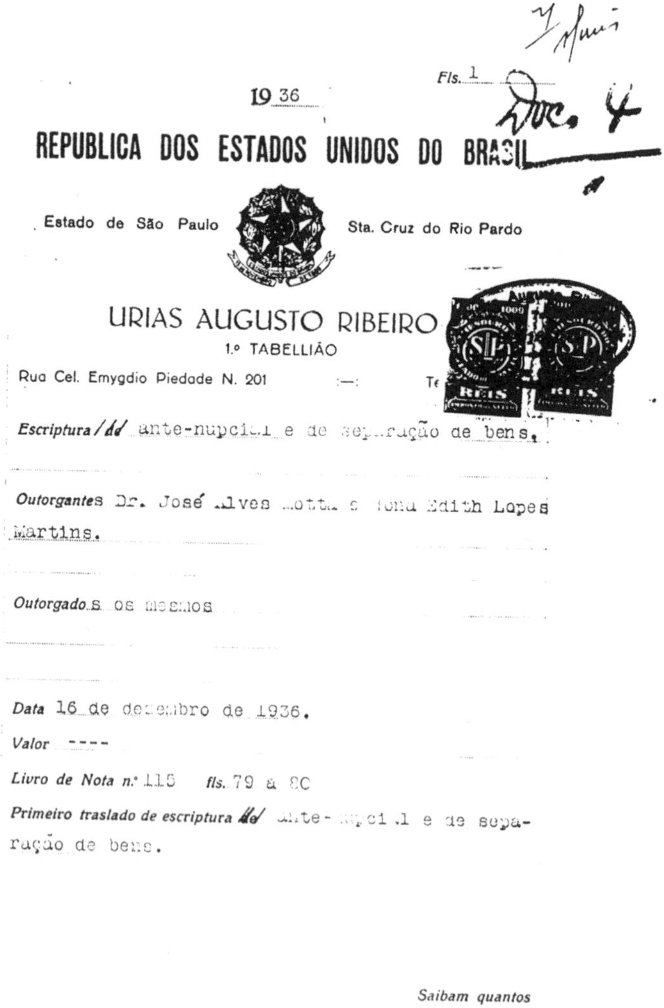

7 Jun.

Fls. 1

Doc. 4

19 36

REPUBLICA DOS ESTADOS UNIDOS DO BRASIL

Estado de São Paulo — Sta. Cruz do Rio Pardo

URIAS AUGUSTO RIBEIRO

1.º TABELLIÃO

Rua Cel. Emygdio Piedade N. 201 :—: Te

Escriptura /dd/ ante-nupcial e de separação de bens.

Outorgantes Dr. José Alves Motta e Dona Edith Lopes Martins.

Outorgados os mesmos

Data 16 de dezembro de 1936.

Valor ----

Livro de Nota n.º 115 fls. 79 a 80

Primeiro traslado de escriptura /dd/ ante-nupcial e de separação de bens.

Saibam quantos

Escritura de pacto antenupcial e de separação de bens, 1936.

quantos esta publica escritura ante-nupcial e de
separação de bens virem que,no ano do Nascimento
de Nosso Senhor Jesus Cristo de mil novecentos e
trinta e seis,aos dezesis dias do mês de dezem-
bro do dito ano,nesta cidade de Santa Cruz do Rio
Pardo,Estado de São Paulo,em o Hotel Scazzolá,á
avenida Tiradentes,onde vim em diligencia,peran-
te mim oficial maior,compareceram partes entre
si justas e contratadas a saber:-como outorgan-
tes e reciprocamente outorgados,de um lado o Dou-
tor José Alves Motta,advogado,exercendo atualmen-
te o cargo de Promotor Publico desta comarca,viu-
vo;e,de outro lado dona Edith Lopes Martins,sol-
teira,professora publica,ambos residentes nesta
cidade;meus conhecidos e das duas testemunhas
adeante nomeadas e no final assinadas e estas
minhas conhecidas,do que dou fé. Em presença das
mesmas testemunhas,pelos contratantes me foi di-
to,falando cada um por sua vez que,achando-se
justos e contratados em se casar,vinham,usando
da faculdade que lhes dá a lei para estipularem
antes do casamento que vão contrair,o que lhes
aprouver,relativamente aos seus bens,convenciona-
ram e pactuaram o seguinte:-1º.)-o seu casamento
é celebrado segundo o regimen da separação com-
pleta de bens,com exclusão absoluta da comunhão
nos seus bens atuais e futuros,quaisquer que e-
les sejam;-2º.)-os bens serão por consequencia
incomunicaveis,tendo cada um dos conjuges o do-
minio e posse exclusivos nos bens com que porven-
tura entrarem para o casal,assim como aqueles
que venham a adquirir na constancia do matrimo-
nio,cabendo outrosim a cada conjuge a administra-

Escritura de pacto antenupcial e de separação de bens, 1936.

administração dos bens que lhe pertencerem,nos termos desta escritura;-3º.)-o outorgante reciprocamente outorgado,Dr.José Alves Motta contribuirá com todas as despesas do casal(artigo 277 do Codigo Civil Brasileiro);-4º.)-as dividas anteriores ou posteriores ao casamento serão tambem incomunicaveis,não respondendo assim os bens porventura possuidos por qualquer dos contratantes em caso nenhum e por nenhuma forma pelas responsabilidades do outro,quer sejam elas anteriores ou posteriores ao casamento.De como assim disseram,outorgaram e aceitaram,dou fé e me pediram que lhes fizesse em meu livro de notas esta escritura,a mim hoje distribuida,a qual é feita em obediencia ao artigo 256 N.1,do Codigo Civil Brasileiro,259 e 277 do mesmo Codigo,tudo de acordo com a legislação vigente no tocante ao regimen de bens no casamento,e a qual será registrada no Registro de Imoveis da comarca(artigo 261 daquele repositorio de leis). Foi esta escritura lida perante as testemunhas Genesio de Bem e José Antonio Ramos,que assinam juntamente com as partes ,sendo certo que as testemunhas a tudo estiveram presentes.Paga esta escritura cem mil reis de selo por verba conforme talão adeante transcrito e duzentos réis de educação e saude que vai abaixo colado e devidamente inutilisado,na forma da lei:-"Coletoria das Rendas Federais em Santa Cruz do Rio Pardo.Exercicio de 1936.Selo por verba.Nº.295.1[illegible].Rs.100$000.No livro de receita,ás fls.,[illegible] de [illegible] o sr.coletor pela quantia de cem mil réis,recebida do sr.1º.tabelião desta cidade proveniente de uma

Escritura de pacto antenupcial e de separação de bens, 1936.

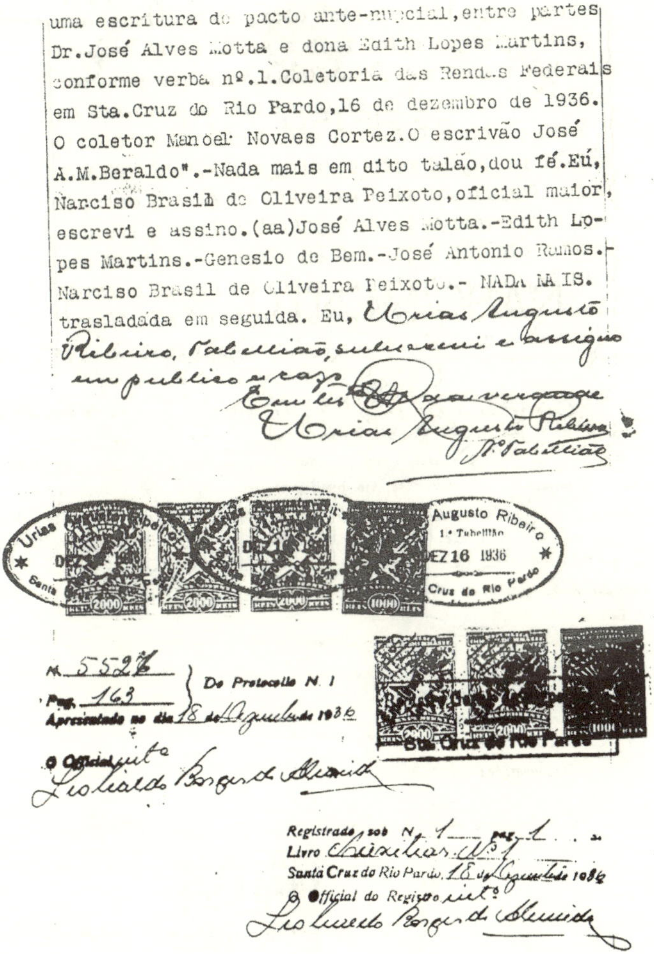

uma escritura de pacto ante-nupcial, entre partes Dr. José Alves Motta e dona Edith Lopes Martins, conforme verba nº.1. Coletoria das Rendas Federais em Sta. Cruz do Rio Pardo, 16 de dezembro de 1936. O coletor Manoel Novaes Cortez. O escrivão José A.M.Beraldo".-Nada mais em dito talão, dou fé. Eu, Narciso Brasil de Oliveira Peixoto, oficial maior, escrevi e assino. (aa) José Alves Motta.-Edith Lopes Martins.-Genesio de Bem.-José Antonio Ramos.-Narciso Brasil de Oliveira Peixoto.- NADA MAIS. trasladada em seguida. Eu, Urias Augusto Ribeiro, Tabellião, subscrevi e assigno em publico e raso.

Em test° da verdade

Urias Augusto Ribeiro

1° Tabellião

N. 552%

Pag. 163

Do Protocollo N. 1

Apresentado no dia 18 de Agosto de 1936

O Official int°

Leolialdo Borges de Almeida

Registrado sob N. 1 pag. 1

Livro Auxiliar N° 1

Santa Cruz do Rio Pardo, 18 de Agosto de 1936

O Official do Registro int°

Leolialdo Borges de Almeida

Escritura de pacto antenupcial e de separação de bens, 1936.

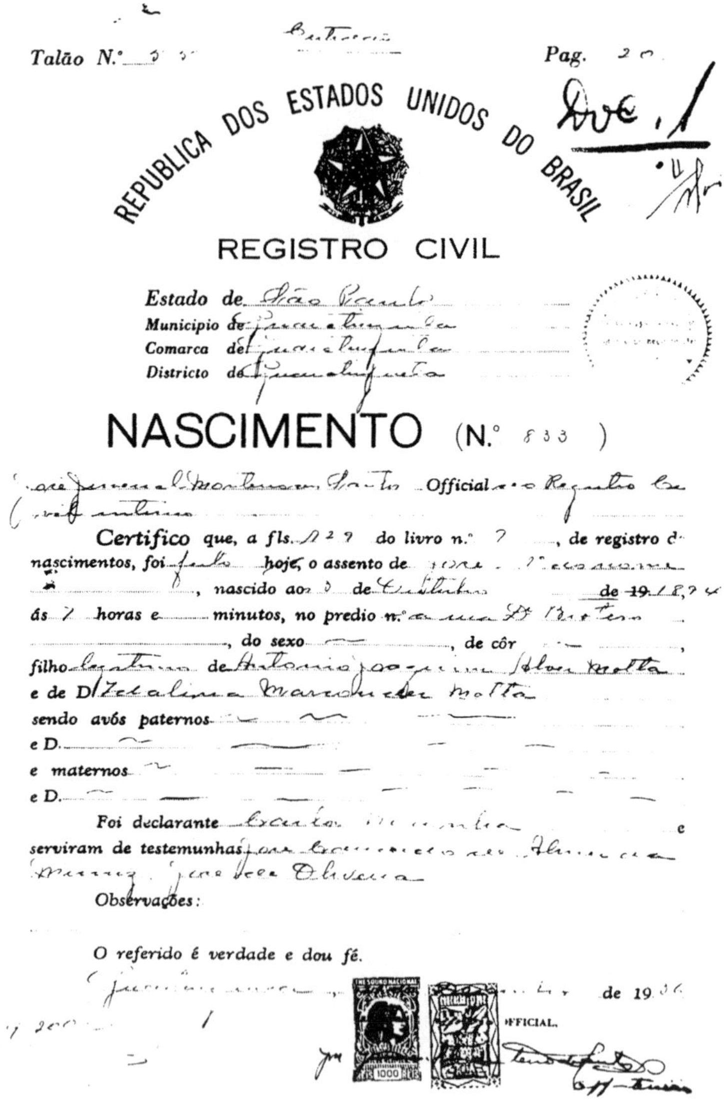

Talão N.° Pag.

REPUBLICA DOS ESTADOS UNIDOS DO BRASIL

REGISTRO CIVIL

Estado de São Paulo
Municipio de
Comarca de
Districto de

NASCIMENTO (N.° 833)

Official do Registro Civil

Certifico que, a fls. do livro n.° 7, de registro de nascimentos, foi feito hoje, o assento de , nascido aos de de 19 , ás horas e minutos, no predio n.° , do sexo , de côr , filho legitimo de Antonio Joaquim Motta e de D. Zelalina Motta

sendo avós paternos
e D.
e maternos
e D.

Foi declarante e serviram de testemunhas Oliveira

Observações:

O referido é verdade e dou fé.

de 1936

OFFICIAL.

Termo de nascimento de José (documento para habilitação de casamento), 1936.

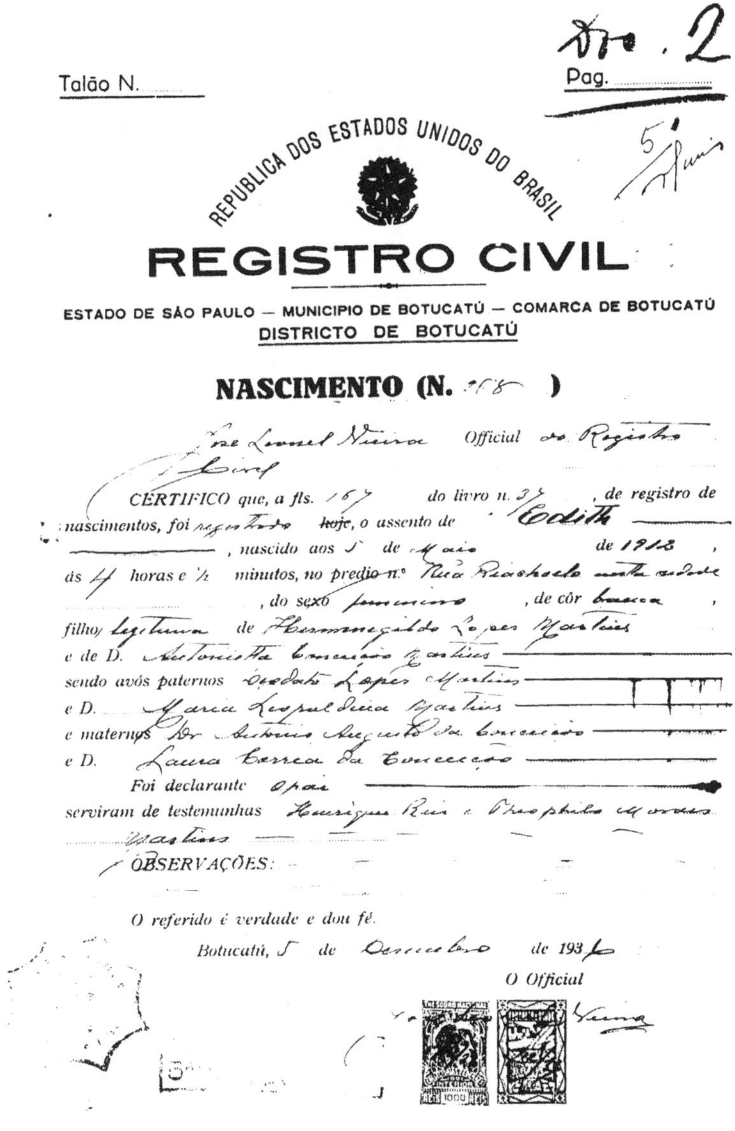

Livro 2

Talão N.　　　　Pag.

5 Afonso

REPUBLICA DOS ESTADOS UNIDOS DO BRASIL

REGISTRO CIVIL

ESTADO DE SÃO PAULO — MUNICIPIO DE BOTUCATÚ — COMARCA DE BOTUCATÚ

DISTRICTO DE BOTUCATÚ

NASCIMENTO (N. 158)

José Leonel Vieira *Official* do Registro Civil

CERTIFICO que, a fls. 167 *do livro n.* 37 *, de registro de nascimentos, foi* registrado ~~hoje~~*, o assento de* Edith —— *, nascido aos* 5 *de* Maio *de* 1913 *, ás* 4 *horas e* ½ *minutos, no predio n.°* Rua Riachuelo nesta cidade *, do sexo* feminino *, de côr* branca *, filho,* legitima *de* Hermenegildo Lopes Martins *e de D.* Antonietta Conceição Martins *sendo avós paternos* Deodato Lopes Martins *e D.* Maria Leopoldina Martins *e maternos* Dr. Antonio Augusto da Conceição *e D.* Laura Correa da Conceição

Foi declarante o pai *serviram de testemunhas* Henrique Ruis e Theophilo Moraes Martins

OBSERVAÇÕES:

O referido é verdade e dou fé.

Botucatú, 5 *de* Dezembro *de 193*6

O Official

José Leonel Vieira

Termo de nascimento de Edith (documento para habilitação de casamento), 1936.

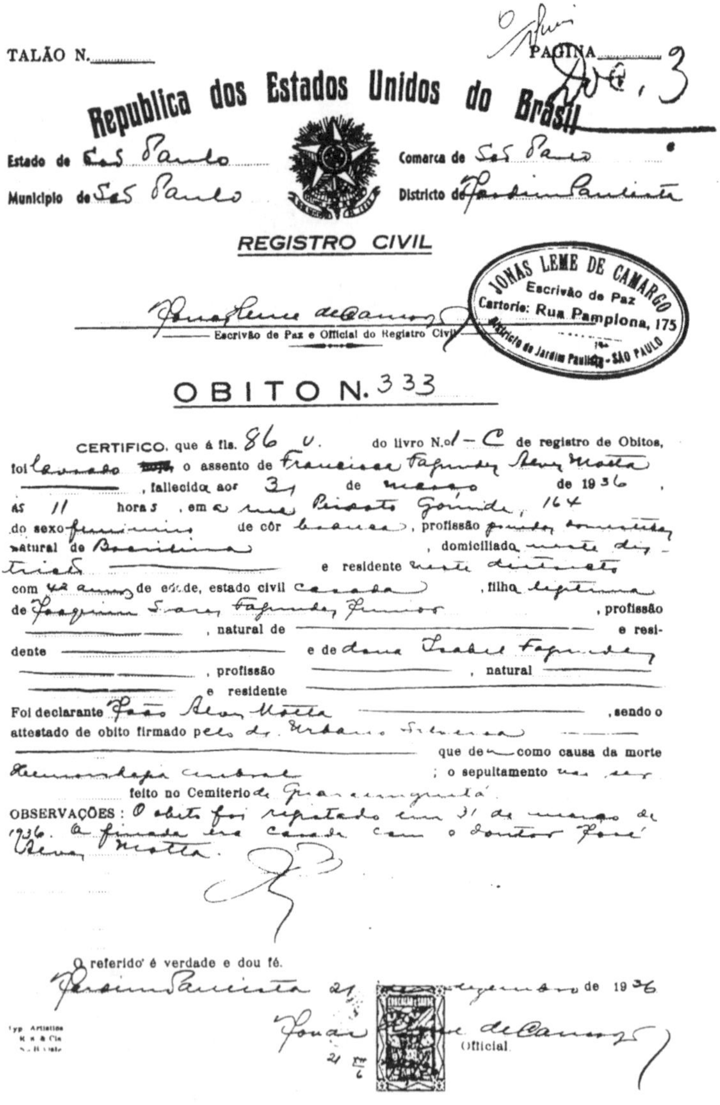

TALÃO N.______ PAGINA______ 3

Republica dos Estados Unidos do Brasil

Estado de São Paulo — Comarca de São Paulo

Municipio de São Paulo — Districto de Jardim Paulista

REGISTRO CIVIL

Jonas Leme de Camargo

Escrivão de Paz e Official do Registro Civil

JONAS LEME DE CAMARGO
Escrivão de Paz
Cartorio: Rua Pamplona, 175
Districto do Jardim Paulista - SÃO PAULO

OBITO N. 333

CERTIFICO, que á fls. 86 v. do livro N.o 1 - C de registro de Obitos, foi lavrado hoje o assento de Francisca Fagundes Alves Motta, fallecida aos 31 de março de 1936, ás 11 horas, em a rua Peixoto Gomide, 164 do sexo feminino de côr branca, profissão prendas domesticas, natural de Brasileira, domiciliada neste districto e residente neste districto com 42 annos de edade, estado civil casada, filha legitima de Joaquim Soares Fagundes Junior, profissão ______, natural de ______ e residente ______ e de dona Isabel Fagundes, profissão ______, natural ______ e residente ______

Foi declarante João Alves Motta, sendo o attestado de obito firmado pelo dr. Urbano Silveira ______ que deu como causa da morte Hemorragia cerebral; o sepultamento será feito no Cemiterio da Consolação.

OBSERVAÇÕES: O obito foi registado em 31 de março de 1936. A finada era casada com o doutor José Alves Motta.

O referido é verdade e dou fé.

Jardim Paulista 21 de setembro de 1936

Jonas Leme de Camargo
Official

Registro de óbito de Francisca, primeira mulher de José (documento para habilitação de casamento), 1936.

REPUBLICA DOS ESTADOS UNIDOS DO BRASIL

Estado de São Paulo

Registro Civil da Cidade e Distrito de
SANTA CRUZ DO RIO PARDO

193 6 O Escrivão,

Atalíba dos Santos Batista

Habilitação de Casamento

CONTRAENTES

Dr. JOSÉ ALVES MOTTA

E

D. EDITH LOPES MARTINS

AUTUAÇÃO

Aos vinte e um dias do mês de Dezembro do ano de Trinta e seis nesta cidade Santa Cruz do Rio Pardo, em cartorio, autuo os documentos que seguem, do que para constar faço esta autuação. Eu,

Registrado no livro n. 21 Fls. 24 Em 21 de Dezembro de 1936

Processo de habilitação de casamento de José e Edith, 1936.

DR. J. ALVES MOTTA
ADVOGADO

Cidadão Oficial do Registo Civil

Santa Cruz do Rio Pardo

JOSÉ ALVES MOTTA, bacharel em direito e funccionario publico e EDITH LOPES MARTINS, professora publica, havendo contractado o seu casamento, exhibem, para a sua habilitação legal, os documentos juntos que são exigidos pelo Codigo Civil.

Assim, devidamente processados, publicado o edital de ploclama e não apparecendo opposição, esperam certifiqueis acharem-se habilitados a requererem a celebração de seu casamento.

Santa Cruz do Rio Pardo, 21 de Dezembro de 1936

José Alves Motta

Edith Lopes Martins

Processo de habilitação (edital de proclamas para habilitação de casamento), 1936.

DR. J. ALVES MOTTA
ADVOGADO

DECLARAÇÕES DOS CONTRAHENTES

Os abaixo assinados, JOSÉ ALVES MOTTA, bacharel em direito e funccionario publico e EDITH LOPES MARTINS, professora publica, estando justos e contractados para se casarem, declaram pelo presente documento e para os devidos fins que: elle, - contrahente, JOSÉ ALVES MOTTA, com 42 anos de idade, natural de Guaratinguetá, neste Estado, onde nasceu no dia 3 de Outubro de 1894, residente nesta cidade, filho legitimo de Antonio Joaquim Alves Motta, natural de Portugal, com 65 annos de idade, residente em São Paulo-Capital e de dona Idalina Marcondes de Moura, fallecida em Guaratinguetá no anno de 1905, sendo o contrahente viuvo por obito de dona Francisca Fagundes Alves Motta, natural de Guaratinguetá e fallecida em São Paulo - Capital aos 31 de Março do corrente anno, deixando deste extincto matrimonio os seguintes filhos : José, Roberto, Leonor e Maria Apparecida, com 15, 13, 9 e 6 annos de idade respectivamente ; e a contrahente, EDITH LOPES MARTINS, solteira, com 24 annos de idade, natural de Botucatú, neste Estado, onde nasceu no dia 5 de Maio de 1912, residente nesta cidade, filha legitima de Hermenegildo Lopes - Martins, com 68 annos de idade, natural de Cantagallo, Estado do Rio de Janeiro, residente em Chavantes, nesta comarca, e de

Processo de habilitação: declaração dos contraentes, 1936.

dona Antonietta Conceição Martins, de 44 annos de idade, natural de Boutucatú, neste Estado, e residente na cidade do Rio de Janeiro.

Santa Cruz do Rio Pardo, 21 de Dezembro de 1936

Edith Lopes Martins

Reconheço verdadeira as firma supra
do que dou fé
Santa Cruz do Rio Pardo, 21 de Dezembro de 1936
O ESCRIVÃO DE PAZ

Processo de habilitação: declaração dos contraentes, 1936.

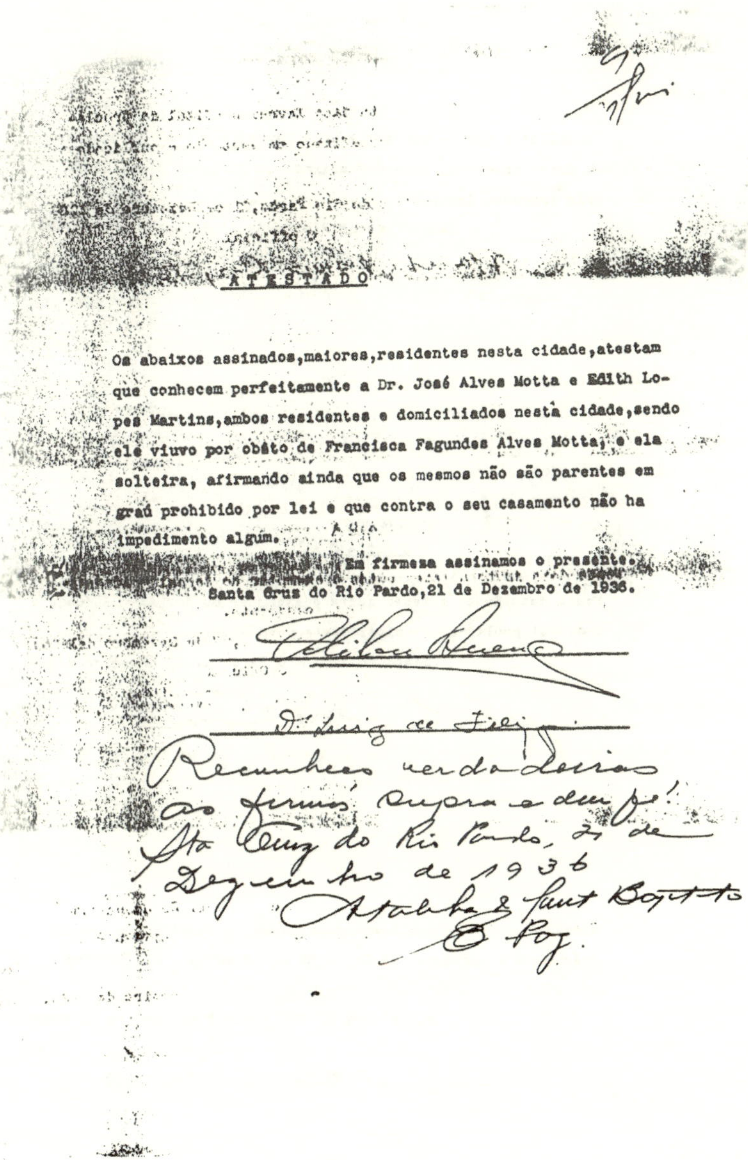

ATESTADO

Os abaixos assinados, maiores, residentes nesta cidade, atestam que conhecem perfeitamente a Dr. José Alves Motta e Edith Lopes Martins, ambos residentes e domiciliados nesta cidade, sendo ele viuvo por obito de Francisca Fagundes Alves Motta; e ela solteira, afirmando ainda que os mesmos não são parentes em grau prohibido por lei e que contra o seu casamento não ha impedimento algum.

Em firmeza assinamos o presente.

Santa Cruz do Rio Pardo, 21 de Dezembro de 1936.

Reconheço verdadeiras as firmas supra e dou fé! Sta Cruz do Rio Pardo, 21 de Dezembro de 1936

Processo de habilitação: atestado de não parentesco, 1936.

Certifico e dou fé que nesta data lavrei o edital de proclama deste casamento parasser afixado em cartorio e publácado pela imprensa local.

Santa Cruz do Rio Pardo,21 de Dezembro de 1936.

O official

JUNTADA

Nesta data junto a estes autos o exemplar do jornal " ACidade" onde foi publicado o edital deste casamento.

Santa Cruz do Rio Pardo,27 de Dezembro de 1936.

O Oficial

Certifico e dou fé que nesta data expedi a certidão de habilitação para o casamento de Dr. JOSE ALVES MOTTA e EDITH LOPES MARTINS.

Santa Cruz do Rio Pardo,5 de Janeiro de 1936.

O Oficial

Processo de habilitação: certidões notariais, 1936.

...da á chegada de vehiculos na hora de embarques, acha-se em estado lastimavel. Quando chove o referido largo torna-se num lodaçal horrivel.

Uns olhares da prefeitura para aquelles lados, dariam resultados satisfactorios á collectividade.

Santa Casa

Com toda solemnidade realisou-se no dia 25 do corrente o lançamento da primeira pedra angular do novo edificio da Santa Casa a construir-se nas proximidades do actual. Na presença de grande numero de pessoas foi lavrada uma acta [illegible] que foi assignada pela directoria, commissão constructora, jornalistas e demais pessôas presentes.

Em resistente urna de pedra marmore foram depositados jornaes, acta e varias moedas. Após o benzimento celebrado pelo Rev. Pe. José Montezuma, fallou o provecto advogado dr. Odilon Bueno, que num substancioso discurso fez o historico da Santa Casa desta cidade. Em seguida fallou com enthusiasmo o professor Casemiro Gomes, dr. Pedro Camarinha e dr. Cezar Sampaio. Os oradores receberam do povo muitas palmas.

A presença do povo acudindo ao convite [illegible] commissão para a solennidade do lançamento da primeira pedra angular da nova S. Casa, demonstrou patentemente o desejo do levantamento do sumptuoso predio destinado a minorar a dôr dos afflictos.

Editaes de Proclamas

Faço saber que pretendem-se casar Francisco Alexandre Maitan e Yolanda Scalez, ambos solteiros, residentes e domiciliados neste districto. Sendo o contraente, lavrador, com 21 anos de idade, natural de Orlandia, neste Estado, filho legitimo de Ernesto Maitan e de d. Marina Busso, italianos, lavradores, residentes neste districto. E a contraente de prendas domesticas, com 20 anos de idade, natural de Ribeirão Preto, neste Estado, filha legitima de Thomaz Scalez e de d. Luiza Mulata, italianos, lavradores, residentes neste districto.

Santa Cruz do Rio Pardo, 20 de Dezembro de 1936.

O Oficial:

Ataliba dos Santos Batista

Faço saber que pretendem-se casar, dr. José Alves Motta e d. Edith Lopes Martins, ambos residentes e domiciliados nesta cidade. Elle, advogado, e Funccionario Publico, com 42 annos de idade, natural de Guaratinguetá, neste Estado, filho legitimo de Antonio Joaquim Alves Motta e de d. Idalina Marcondes de Moura sendo viuvo de d. Francisca Fagundes Alves Motta, falecida na Capital do Estado. Ela, professora publica, de 24 annos de idade, natural de Botucatú, neste Estado, solteira, filha legitima de Hermenegildo Lopes Martins e de d. Antonieta Conceição Martins.

Santa Cruz do Rio Pardo, 21 de Dezeb.ro de 1936.

O Oficial:

Ataliba dos Santos Batista

Faço saber que pretendem-se casar, Theophilo de Oliveira Piedade e Ordalia Carvalho da Silva, ambos solteiros, residentes neste districto. Sendo o contraente lavrador, com 24 anos de idade, natural deste districto, filho legitimo de José de Oliveira Piedade e de d. Maria Rita Alves, aquele brasileiro, residente neste districto esta falecida. E a contraente, lavradora, de 16 anos de idade, natural de São Pedro do Turvo, nesta comarca, filha legitima de Antonio Carvalho da Silva e de d. Andrélina Martins da Silva, aquele falecido, esta brasileira, residente em lugar incerto.

Processo de habilitação: edital de proclamas, 1936.

REPUBLICA DOS ESTADOS UNIDOS DO BRASIL

ESTADO DE SÃO PAULO

DISTRITO DE SANTA CRUZ DO RIO PARDO

MUNICIPIO E COMARCA DO MESMO NOME

CERTIDÃO DE HABILITAÇÃO PARA CASAMENTO

ATALIBA DOS SANTOS BAPTISTA

Escrivão de Paz e Oficial do Registro Civil

Certifica *que tendo publicado e afixado o edital de proclama de casamento de* Dr. José Alves Motta *com dona* Edith Lopes Martins; *ele* viuvo, bacharel em direiro, e funcionario publico, *filho legitimo de* Antonio Joaquim Alves Motta *e de D.* Idalina Marcondes de Moura, *com* 42 *anos de idade, nascido no dia* 3 *de* Outubro *de* 1894, *natural de* Guaratinguetá, neste Estado, *residente* nesta cidade.; *ela* solteira, professora publica, *filha legitima de* Hermenegildo Lopes Martins *e de D.* Antonietta Conceição Martins, *com* 24 *anos de idade, nascida no dia* 5 *de* Maio *de* 1912, *natural de* Botucatú, neste Estado *residente* nesta cidade. *Não aparecendo no praso legal vencido hoje, quem ao casamento se opusésse e não constando impedimento ex-oficio, estão os mesmos habilitados a receberem-se em matrimonio dentro do praso de noventa dias a contar desta data.*

O referido é verdade e dá fé.

Cartorio de Paz de S. Cruz do Rio Pardo, 5 *de* Janeiro *de 193*7

O Oficial do Registro Civil.

Processo de habilitação: certidão para casamento, 1937.

Termo de Casamento de José e Edith, 1937

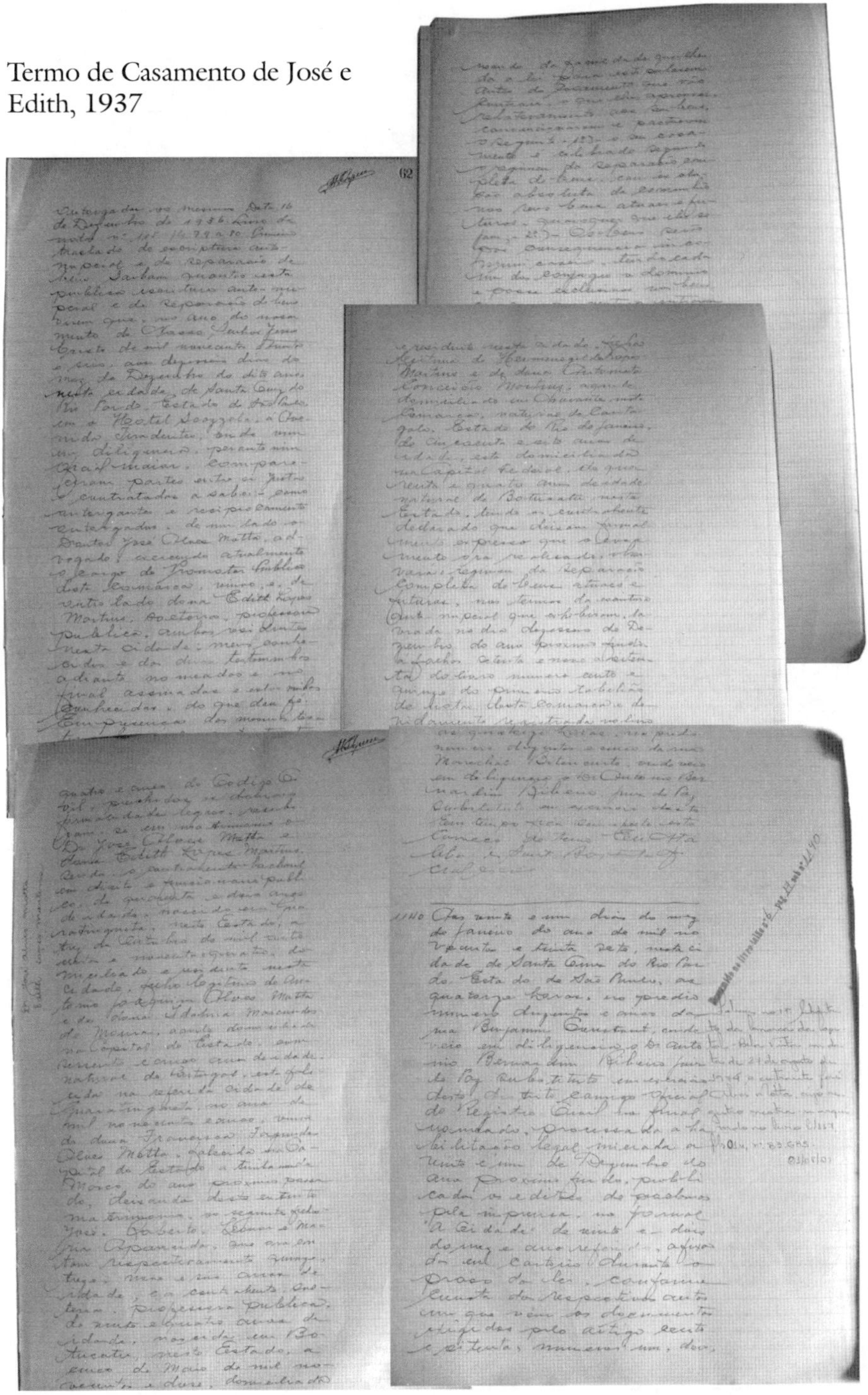

63

do ato, que seriam elas anteriores ou posteriores ao casamento. Do como assim disseram, outorgaram e aceitaram, dou fé, e me pediram que lhes fizesse em meu livro de notas esta escritura, a mim lavrada e distribuida, a qual é feita em obediencia aos artigos 256 n. 1 do Codigo Civil Brasileiro, 259 e 277 do mesmo Codigo, tudo de acordo com a legislação vigente no tocante ao regimen de bens no casamento e a qual será registrada no Registro de Imoveis da comarca (artigo 261 daquele repositorio de leis). Fiz esta escritura, li-a perante as testemunhas Genesio de Bem e José Antonio Ramos, que assinam juntamente com as partes, sendo certo que as testemunhas a tudo estiveram presentes. Pagou esta escritura cem mil reis de selos por verba conforme talão adeante transcripto e duzentos reis de educação e saude que vai abaixo colado e devidamente inutilisado, na forma da lei. Coletoria de Rendas Federaes em Santa Cruz do Rio Pardo Exercicio de 1936. Selo por verba n.º 195 [illegible] Rs 100$000. No livro de receita, ás fls., fica debitado o Snr. Coletor pela quantia de cem mil reis

[illegible] recebida do Snr 1º Tabelião desta cidade proveniente de uma escritura de pacto ante-nupcial entre partes Sr José Alves Motta e dona Edith Lopes Martins conforme registo no 1 Coletoria de Rendas Federais em Santa Cruz do Rio Pardo, 16 de Dezembro de 1936. O coletor Manoel Moraes Cortez. O escrivão José A. M. Bernardes. Nada mais em dito talão. Deu fé. Eu Otavio Braz de Oliveira [illegible] o escrevi e assino (aa) José Alves Motta - Edith Lopes Martins - Genesio de Bem - José Antonio Ramos - Otavio Braz de Oliveira [illegible] - Nada mais trasladado em seguida. Eu Mario Augusto Ribeiro, Tabellião, subscrevi e assigno em publico e raso. Em testemunho da verdade Mario Augusto Ribeiro 1º Tabellião. Devidamente selada com sete mil reis, sendo tres selos de dois mil reis e um de um mil reis, inutilisados com o seguinte carimbo - Mario Augusto Ribeiro 1º Tabellião Dez 16 1936. Protocolado sob n. 5.677 pag 163 do Protocolo n.º 1. Apresentado no dia 18 de Dezembro de 1936. O Official interino Leobaldo Borges de Almeida. Devidamente selada com cinco mil reis

13 de Janeiro de 1937 Aleides de Almeida Ferraz. Selada com dois mil e duzentos reis, sendo um de dois mil reis federal e um de duzentos reis de educação. Reconheço a firma e letra supra do Desembargador Dr Aleides de Almeida Ferraz. S. Paulo. Tabellionato Veiga, 13 de Janeiro de 1937. Em testemunho do signal publico da verdade Luiz Mendes Rodrigues. Devidamente selado com dois mil e cem reis e inutilisados [illegible] testemunhas [illegible] Otalita Infante Baptista [illegible] do Registro Civil o escrevi e assino.

Antonio Bernardino Ribeiro
José Alves Motta
Edith Lopes Martins
[illegible]
Hermenegildo Lopes Martins
Gildo Lopes Martins
[illegible]

65

[illegible]
Otalita Infante Baptista

Aos vinte e tres dias do mez de Janeiro de mil novecentos e trinta e sete nesta cidade de Santa Cruz do Rio Pardo, Estado de São Paulo, as quatorze horas, no cartorio a meu cargo onde se achava presente o Sr Antonio Bernardino Ribeiro, juiz de paz substituto em exercicio, comigo official do Registro Civil no fim nomeado, para a celebração do casamento requerido a dois de janeiro corrente, publicado nos editaes da [illegible] e na imprensa no jornal "A Cidade" do dia [illegible] do mesmo mez [illegible] o prazo da lei. [illegible] Artigo 180 do Codigo Civil [illegible] formalidades receberam-se em matrimonio Mario Veiga e dona Nadir Alves, ambos solteiros, residentes e domiciliados neste districto, sendo o contrahente lavrador, com vinte anos de idade, nascido em Pederneiras, neste Estado a quatorze de novembro de mil

A contrahente [illegible]

Faleceu em Santa Cruz [illegible] o contraente Mario Veiga em 31/03/1968 [illegible]

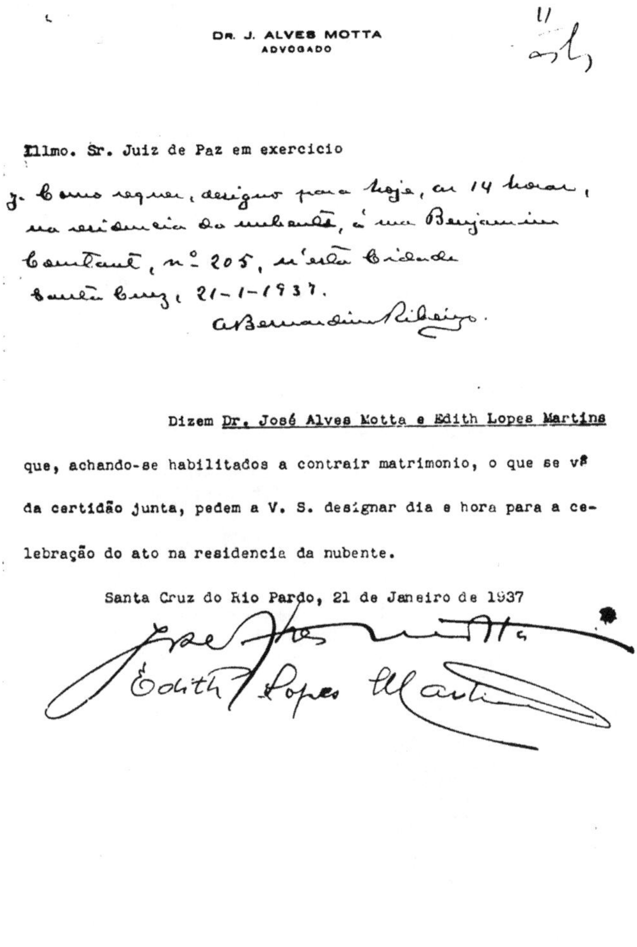

DR. J. ALVES MOTTA
ADVOGADO

Illmo. Sr. Juiz de Paz em exercicio

J. Como requer, designo para hoje, as 14 horas, na residencia da nubente, á rua Benjamin Constant, nº 205, n'esta Cidade.
Santa Cruz, 21-1-1937.
A Bernardino Ribeiro.

Dizem Dr. José Alves Motta e Edith Lopes Martins que, achando-se habilitados a contrair matrimonio, o que se vê da certidão junta, pedem a V. S. designar dia e hora para a celebração do ato na residencia da nubente.

Santa Cruz do Rio Pardo, 21 de Janeiro de 1937

José Alves Motta
Edith Lopes Martins

Processo de habilitação: requerimento para celebração do matrimônio, 1937.

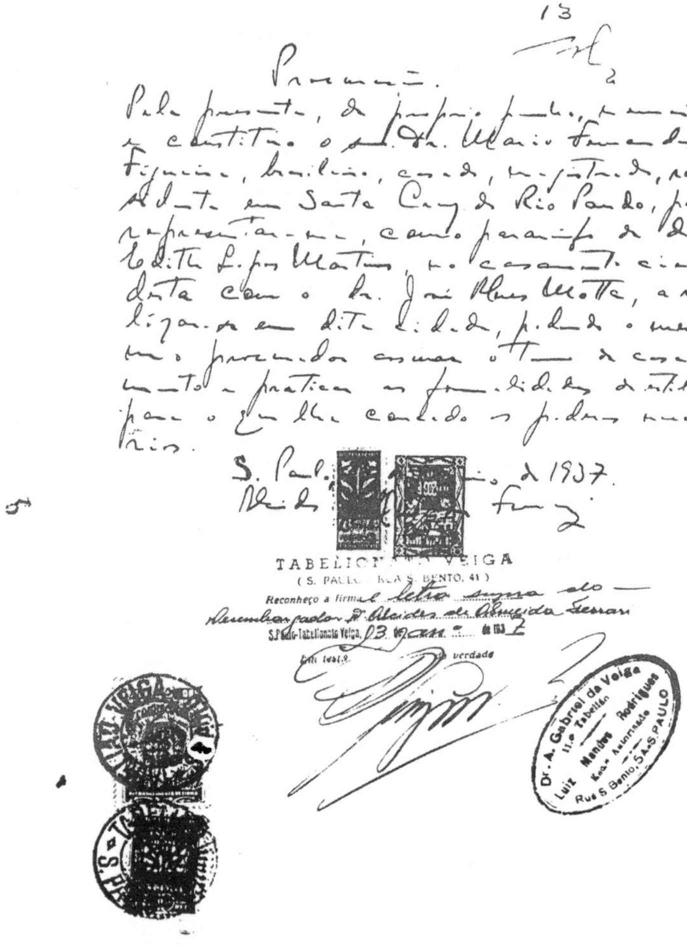

Processo de habilitação: procuração do padrinho e tio da contraente, Desembargador Alcides de Almeida Ferrari, ao juiz Mario Fernandes Figueira para representá-lo no ato (1937).

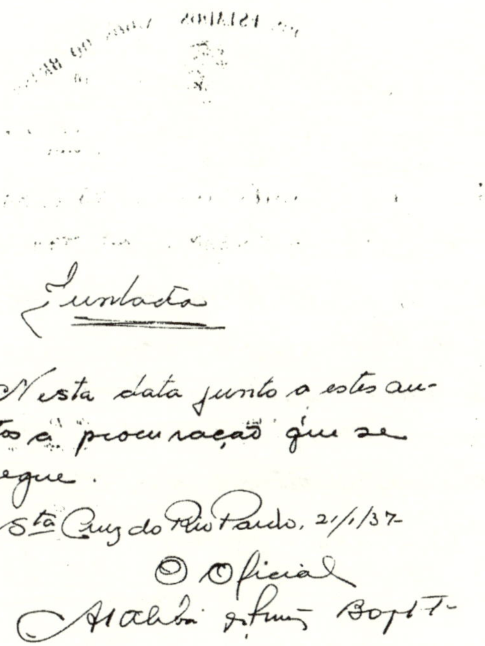
Juntada

Nesta data junto a estes autos a procuração que se segue.

Sta Cruz do Rio Pardo, 21/1/37.

O Oficial

Processo de habilitação: ato do procedimento (1937).

Certidão

Certifico que nesta data no local e hora designados na petição de fls., efetuou-se este casamento, conforme termo nº 1140, fls 60 vº, do livro competente nº 2C. B.

O referido é verdade e dou fé.

Santa Cruz do Rio Pardo 21 de Janeiro de 1937

O Oficial:

[illegible]

Processo de habilitação: certidão de celebração do ato (1937).

Prédio da antiga cadeia e Fórum de Santa Cruz do Rio Pardo. Década de 1920.

Agradecimentos

Aos saudosos protagonistas José e Edith, esta última em especial por ter cuidadosamente guardado cartas que revelaram doces segredos 70 anos mais tarde.

Aos queridos pais, Ivan e Marcello Motta, que permitiram a divulgação das cartas.

Aos dedicados Ivan Jacopetti do Lago e Leandro Kazuo Saito, do cartório de Santa Cruz do Rio Pardo, pelo acesso às informações.

Ao culto Prof. José Magalli F. Junqueira, pela inestimável contribuição histórica relativa à Santa Cruz do Rio Pardo da época.

Por último, ao estimado casal Silvana e Haroldo, da Porto de Idéias, pelo caloroso incentivo e valiosa colaboração que resultaram na publicação das cartas.

Notas do Editor

NORMAS PARA TRANSCRIÇÃO DOS MANUSCRITOS

Por se tratar de uma edição fac-similada, optou-se pela transcrição justalinear, de modo a que os leitores possam comparar, linha a linha, o texto impresso e sua forma manuscrita.

Para a transcrição das cartas, foram estabelecidas as seguintes normas, baseadas nas que foram propostas em 1998[1], para transcrição de manuscritos brasileiros:

1. A transcrição será conservadora.

2. As abreviaturas, alfabéticas ou não, serão desenvolvidas, marcando-se, em itálico, as letras omitidas na abreviatura.

3. Não será estabelecida fronteira de palavras que venham escritas juntas, nem se introduzirá hífen ou apóstrofo onde não houver.

4. A pontuação e a acentuação originais serão rigorosamente mantidas.

5. Será respeitado o emprego de maiúsculas e minúsculas como se apresentam no original. No caso de alguma variação física dos sinais gráficos resultar de fatores cursivos, não será considerada relevante. Assim, a comparação do traçado da mesma letra deve propiciar a melhor solução.

6. Eventuais erros do escriba ou do copista serão remetidos para nota de rodapé, onde se deixará registrada a lição por sua respectiva correção.

7. A mudança de fólio receberá a marcação com o respectivo número na seqüência de duas barras verticais, usando-se "r" para *recto* (frente) e "v" para seu *verso*: || 1v.||; ||2r.||; ||2v.||; ||3r.||.

8. As assinaturas simples ou as rubricas serão sublinhadas.

9. Notas elucidativas de quaisquer passagens do texto deverão vir em nota de rodapé.

---

1 Durante o *II Seminário para a História do Português Brasileiro*, em Campos do Jordão – SP, no período de 10 a 16 de maio de 1998, uma comissão de pesquisadores, composta por Heitor Megale (USP), César Nardelli Cambraia (USP), Gilvan Müller de Oliveira (UFSC), Marcelo Módolo (USP), Permínio Ferreira (UFBa), Sílvio de Almeida Toledo (USP), Tânia Lobo (UFBa) e Valdemir Klamt (UFSC), reuniu-se e propôs um conjunto de normas para transcrição de manuscritos para a história do português do Brasil.

DESCRIÇÃO DAS CARTAS

As cartas estão exaradas em papel sulfite, a maioria delas com o timbre do Ministério Público de São Paulo, Promotoria de Santa Cruz do Rio Pardo, exceto uma, escrita no bloco de anotações do Hotel Carlton. Dentre elas, uma está sem data, embora, pelo seu conteúdo, possa presumir-se ter sido escrita entre 24 e 30 de novembro de 1936. Há também dois telegramas, o *menu* do Cassino São Vicente, na Ilha Porchat, da ceia de Natal e de *Réveillon* de 1940 e vários bilhetes escritos no próprio cartão de visitas do Dr. Motta.

Todos os textos encontram-se em excelente estado de conservação, sem dobras, rasuras ou corrosões.

Porto de Idéias
EDITORA

www.portodeideias.com.br